대체
뭐하자는
인간이지
싶었다

이랑 에세이

차례

네이버에 치면 나오는 사람입니다

(등장)

안녕하세요. (허리를 깊게 숙여 정중하게 인사한다.)

저는 이랑이라는 사람입니다. 방금 되게 공손하게 인사했죠? 제가 오늘 긴장을 많이 했어요. 보통 이렇게 많은 사람들 앞에 나오면 당연히 긴장이 되겠죠? 그래서 저도 당연히 긴장했습니다. 제가 오늘 옷도 좋은 걸 입고 나왔어요, 명품으로. 근데 사람이 긴장하잖아요? 그러면 주머니에 손이라도 넣고 그래야 저도 편하고 보는 사람도 좀 편한데 이놈의 여성복들은 주머니가 없어요. 이거 사고 나서 어깨에 달린 뽕 빼느라고 엄청 애먹었거든요. 이게 명품이라서 그런지 바느질을 너무 잘해놔서 뽕이 쉽게 안 빠지는 거예요. 그렇게 뽕을 열심히 만들 시간에 주머니도 만들었으면 좋았잖아요? 근데 주머니는 없어요. 이 안에 입은 옷 있죠, 이거는 명품 아니에요. 근데 이것도 주머니가 없어요. 도대체 여성복엔 왜 주머니를 안 만드는지 모르겠어요. 이거를 (큐시트, 펜) 어디다 넣느냐고. 내 손도 어디 넣을 데가 없고, 아니 핸드폰은 어디다 넣느냐고. 아무튼. 이것들은 일단 여기에 꽂도록 하겠습니다. (옆구리 사이에 끼운다.)

저는 이랑이라는 사람이고요. 저를 모르시는 분도 많이 계실 거예요. 그게 바로 현대사회 예술가의 함정이죠. 뭘 하는지도 모르는데 유명한 사람도 있고, 유명하고 싶어서 뭘 하는데 안 유명한 사람도 있고. 저도 뭐 그런 사람 중의 하나입니다. 그래도 저는 네이버 검색창에 이름을 치면 나오긴 합니다. 그게 저희 가족의 자랑이죠. 지금 쳐보세요. 이게요, 네이버에 '이랑'을 검색하면 제가 나오기까지 이십몇 년이 걸렸어요. 그전까지는 '이랑'을 검색하면 '당근이랑 피망이랑 많이 먹어야 건강해져요?' 뭐 그런 것들이 나왔어요. 어쨌든 지금은 제 사진도 나오고 직업도 나오죠. 나오죠? 가수, 영화감독이라고.

네. 그렇습니다. 네이버가 그렇다고 하면 그런 줄 아세요. 한국인은 네이버, 미국인은 구글. 그런 거죠. 사진도 되게 잘 나왔죠? 그게 무슨 잡지 촬영할 때 찍은 건데 포토샵도 '거의' 안 한 거라고 보시면 돼요. 제가 앨범 내고 책 내고 그런 다음에 잡지 촬영이나 인터뷰를 할 기회가 많았거든요. 근데 사진을 누가 찍어주는 게 되게 어색해가지고 포토그래퍼가 이래 해봐라 저래 해봐라 하면 '못해요, 못해요' 그러면서 시간 끌고 사진도 잘 안 나오고 그랬어요. 근데 저 다음에 모델 김원중 이런 사람이 와가지고 사진 찍는 거 보니까 그냥 고개 딱딱 돌리고 제자리에서 걷는 둥 마는 둥 하니까 5분 만에 촬영이 다 끝나는 거예요. 그때 깨달았죠. 아, 못하는 거를 못한다고 시간 끌고 있으면 고통의 시간이 더욱 늘어나기만 하는구나. 그냥 잘하는 사람을 따라 하는 시늉이라도 하면서 이 고통의 시간을 빨리 벗어나는 게 답이구나.

그 이후로 사진 찍는 일이 생기면 저도 고개를 막 이렇게, 일 초마다 각을 이렇게 이렇게 딱딱 바꾸고, 팔도 허리를 짚었다 말았다 하고, 다리도 그때 본 것처럼 걷는 둥 마는 둥 하면서 왔다갔다했죠. 그랬더니 포토그래퍼들이 '잘한다, 잘한다' 하기 시작하더라고요.

지금도 똑같아요. 저 무대에 서는 거 굉장히 싫어하고 너무 떨리거든요. 오는 길에도 손에서 땀이 줄줄 나고 턱이 아프고 심장이 너무 뛰어가지고 힘들었는데, 근데 제가 이 무대에서 아무것도 안 하면 안 되잖아요. 여러분들이 뭔가 기대를 하고 오셨잖아요. 그래서 사실은 지금 제가 말하고 있는 것들을 한 달 전부터 대본으로 다 써두었어요. 그리고 설거지하면서 외우고 샤워하면서 외우고 여기까지 오는 택시에서도 외웠어요. 지금 제 입에서 나오고 있는 이 말들이 바로 이 대본에 다 쓰여 있는 말들이에요. (옆구리에 끼워둔 큐시트를 보여준다.) 지금까지 즉흥적으로 자연스럽게 말하는 것처럼 보였죠? 다 준비된 말들이었습니다. 놀라셨죠? 하하하.

제가 이런 놀라운 일을 하는 사람입니다.

대화를 기억하기

나는 기억의 천재이다. 그리고 기억의 천재인 내가 가장 잘 기억하는 것은 사람들과 나눈 대화이다.

대화를 기억하기 시작한 것은 대학에 입학한 뒤 소설가 김영하의 글쓰기 수업을 들으며 수행했던 한 과제 때문이었다. 어딘가에서 누군가의 대화를 몰래 녹음한 뒤 그것을 받아 적는 과제였다. 그 과제를 하기 위해 나는 지하철을 탔고 어느 할머니 두 분 앞에 서서 책을 읽는 척하며 책 사이에 녹음기를 켜두고 할머니들의 대화를 20분 정도 녹음했다. 들키지 않으려고 책 읽는 척을 했기 때문에 현장에서는 어떤 대화가 오갔는지 정확히 듣지 못했다. 그리고 지하철에서 내려 녹취를 풀기 위해 곧장 피시방으로 향했다. 피시방에서 녹취를 풀면서 열 번 이상을 처음부터 끝까지 들었는데, 무슨 대화인지 도통 알아들을 수가 없었다. 할머니들은 분절된 단어들로 대화를 이어나갔는데 이런 식이었다.

"아이고 이문동 그 작은할머니는 아니야."

"야는 아가라니까."

"아가랑 할아버지여."

"종로에는 확실한 것이여?"

"암시렁."

도통 무슨 대화인지 알아들을 수가 없었다. 일단 들리는 대로 받아는 적는데, 두 분이 무엇에 대해 이야기하고 있는지는 전혀 몰랐다. 한 스무 번 정도 들었을까, 갑자기 대화가 통짜로 머릿속에 훅 들어왔다. 할머니 두 분은 내가 등지고 서 있던, 그러니까 두 분의 맞은편에 앉아 있던 아가씨에게 씌인 귀신에 대해 이야기하고 있었다. 그 아가씨는 아마 두 분 중 한 분의 딸이었거나 손녀였던 것 같은데, 어째서인지 귀신에 들렸고 할머니 두 분은 그 귀신을 쫓기 위해 용하다는 점집을 여기저기 찾아다니는 중이었다. 그런 대화였다는 것을 안 순간 내가 받아 적어놓은 분절된 대화에 연관성이 보였고, 그 내용에 소름도 끼쳤지만 무엇보다 대화라는 것이 그처럼 중구난방이면서도 서로는 충분히 이해할 수 있게 이어나가진다는 점에 더 놀랐다. 그 경험이 충격적이고 재미있었기 때문에 그때부터 대화를 기억하고 수집하기 시작했다. 녹음기도 사용했고 메모도 많이 했다. 지금은 보통 메모에 의존하는 편이다.

기억과 메모를 바탕으로 많은 글을 썼고, 그 글을 바탕으로
영화를 만들었다. 사람들이 나를 지나치면서 흘린 말들을
주워 담고, 더 줍기 위해 뒤를 쫓아다닌다. 오늘 수집한 것은
정형외과 물리치료사들의 대화이다.

"최 간호사, 15번 안마가 안 되는데?"
"아 걔가 사람을 좀 가려."
"수컷인가?"
"어머 이 간호사, 재치지수가 올라갔네."

거울을 본다 큰 거울을 본다

나는 거울에 미쳤다. 언제나 큰 거울을 필요로 했고 그래서 내 방에는 아주 큰 거울이 있다. 두 개나 있다. 얼마나 크냐면 학교나 큰 건물 일층 로비에나 있는, 거울 위쪽엔 '축 입주', 아래쪽엔 기업이나 단체 이름이 새겨져 있는 그런 큰 거울이다. 보통 아가씨들이 쓰는 긴 전신거울의 세 배 정도 되는 크기인 것 같다.

나는 거울에 미쳤다기보다 나의 존재를 확인하는 데 미쳐 있는 것 같다. 전에 한 달 정도 친구 집에 얹혀산 적이 있었는데 그 집 화장실에는 거울이 없었다. 나는 화장실에서 세수를 하거나 샤워를 하며 불안에 떨었다. 그곳에서는 내가 보이지 않는다. 세수를 하는 나, 샤워를 하는 내가 보이지 않는다. 보이지 않는 채로 나라는 존재에 물을 뿌리고 닦아야 한다. 그건 아주 껌껌한 방에 갇힌 것보다 더 무서운 일이다. 어떻게 거울이 없는 화장실에서 그 집 사람들은 살아가고 있었던 걸까? 아침에 얼굴을 확인하지 않고 어떻게 밖으로 나갈 수 있는 걸까?

거울을 보면 아침과 밤의 얼굴, 어제와 오늘의 얼굴이 매일
달라지는 것을 알 수 있다. 어떤 날은 나갈 수 없을 정도로 너
무 못생겨서 심각해지는 날도 있고, 외출을 마치고 새벽에
돌아와 거울을 보면 너무 예뻐서 깜짝 놀라는 날도 있다. 얼
굴색도, 심지어 얼굴형도 매일 바뀌는 것 같다. 왼쪽 얼굴은
오른쪽 얼굴보다 선이 조금 더 곱다. 평소에 오른쪽으로 많
이 씹어서 오른쪽 턱이 더 발달한 것 같기도 하다. 그래서 사
진을 찍을 때 보통은 왼쪽 얼굴을 보이게 하는 편인데, 조금
센 이미지를 연출할 때는 일부러 오른쪽 얼굴을 '사용'하기도
한다.

거울로 얼굴만 보는 것은 아니다. 전신을 비추기에 충분한 거
울이기 때문에 몸 전체를 다 확인할 수 있다. 뼈를 깎지 않고
는 바꿀 수 없는 태생적 신체 비율을 포함해 원하면 조금씩
관리할 수 있는 살과 근육의 비율도 확인한다. 귀찮지 않다
면 신체의 움직임까지 확인한다. 팔이 어디까지 돌아가는지
다리가 어디까지 올라가는지, 유연성은 얼마나 유지되고 있
는지. 나는 태생적으로 허리가 길고, 허리에 비해 다리 길이
는 조금 부족한 편이다. 허리가 길면 허리가 자주 아프기 때

문에 항상 자세를 바르게 하는 것이 중요하고, 어깨부터 뭉치지 않게 잘 관리해야 한다. 운동을 하면 근육이 모자란 하체 중심으로 하는 편이다. 요즘엔 엉덩이와 다리의 경계를 더욱 또렷이 하려고 노력하고 있다. 힙업에 힘쓰고 있다는 말이다.

인간은 눈에 보이는 신체라는 것과 눈에 보이지 않는 영혼과 생각으로 구성되어 있다. 두 가지를 잘 조합하고 잘 사용하기 위해서는 생각과 같은 비율로 신체를 관리, 사용, 확인하는 것이 중요하다. 나는 아마 이 체크를 내 신체가 더이상 못 버티고 멈추는 그날까지 계속할 예정이다.

홍상수 감독의 영화 〈극장전〉에서 김상경이 '이제 생각을 해야겠다. 정말로 생각이 중요한 거 같아. 끝까지 생각하면 뭐든지 고칠 수 있어. 담배도 끊을 수 있어. 생각을 더 해야 돼. 생각만이 나를 살릴 수 있어. 죽지 않고 오래 살 수 있도록……' 하는 말은 틀렸다. 그도 신체를 같이 관리해야만 한다.

평범한 사람

멋있는 사람은 아침에 일어나
거울을 보면 무슨 생각이 들까요
평범한 사람은 거울을 보다가
갑자기 문득 슬퍼질 때가 있는데요

평범한 사람의 일기장 속은
자신에 대한 질문으로 가득차 있어요
왜 누군가는 항상 주목을 받고
왜 내 얘기는 너에게도 들리지 않는지
하다못해 길가에 지나가는 동물도
나보다 좋은 걸 걸치고 있는 것 같은데…

직업은 낭비하는 사람

지난 1년 동안 선생님이라는 이름으로 살았다. 나는 아이들을 예뻐해주고 사랑해주는 법을 잘 모르는 사람인데 말이다. 나의 대부분의 인간관계는 함께 담배를 피우며 무엇으로 먹고살 것인가, 지금 하는 일로 먹고살 수 있을까 고민하는 어른들로 구성되어 있다. 헌데 이리 갑작스럽게 수많은 아이들이 내 인생에 들어왔다. 사실 이렇게 된 건 다 내 탓이다.

첫 앨범을 내고 사람들에게 내 노래가 단순하고 재미있어 '동요 같다'는 말을 많이 들었다. 나는 '동요 같은' 노래를 만드는 사람이니까 정말로 아이들과 동요를 만들어보면 어떨까 하는 생각이 들었다. 그래서 친분이 있는 초등학교 선생님에게 아이디어를 냈고, 그 제안이 빠르게 진행되어 1년간 5학년 전체 학생들에게 '창작 음악'이란 수업을 하게 된 것이다. 수업 시간도 꽤 길었다. 한 수업이 80분, 한 학기에 세 반씩, 1년에 여섯 반. 한 번도 애들을 가르쳐본 적 없는 나 같은 사람이 매주 이렇게 빡센 수업을 해나갈 수 있을까 싶었지만 나는 아무런 청사진도 없이 실험을 하듯 수업을 하러 갔다. 수업 전날엔 떨려서 잠도 안 왔다. 단순한 목표를, 하지만 가장 어려운 목표를 잡았다. '아이들 각자의 노래를 만들게 하자.'

나는 아이들에게 기타나 피아노 같은 악기 없이도 음악을 만들 수 있다는 것을 알려주고 싶었다. 어떤 날은 박수만 두 시간 동안 쳤다. 옆 사람과 의식적으로 다르게 박수 쳐보라고 하니까 각자 자기만의 박자를 만들어냈다. 어떤 날은 한 명씩 소리를 내기 시작해 스무 명의 목소리를 합쳐봤더니 신기한 화음이 났다. 아이들 스스로도 신기해했고 화음을 다 같이 멈추게 했더니 '오오' 하며 소름 돋는다고 했다.

좋아하는 한 글자로 노래하기를 했던 날엔 '긍' '뿌' '똥' 같은 글자로 노래했다. 책상 위에 실내화를 내려치고, 책을 찢고, 가위나 볼펜, 문방구들을 집어던지며 '굉음악'을 만들기도 했다. 평소 '조용히 하라'는 말에 너무 익숙해졌던, 그리고 그 말에 화가 났던 애들에게 큰 소리를 내게 했더니 정말 미친 듯이 큰 소리를 냈고, 그 엄청난 소리들에 나까지 신이 났다. 그 큰 소리들이 찾아주는 해방감과 그뒤에 찾아오는 평화로움. 모두 좋았다.

나는 기타를 쳤고 아이들은 학교에서 빌려주는 악기들을 연주했다. 각자 사용하는 악기에 차별을 두지 않게 하려고 악기실에 있는 악기들만 썼다. 실로폰, 멜로디언, 트라이앵글, 캐스터네츠, 작은북, 큰북, 우드블록, 장구, 리코더. 어떤 날은 이 악기들의 이름을 모두 버리고 다양한 방법으로 그 악기로 낼 수 있는 모든 소리를 내본 뒤에 새로 이름을 지어보기도 했다. 진짜 재미있었다. 나조차도 뭘 할지 모르고 하는 수업이어서 어떤 땐 내가 제일 신난 것 같기도 했다. 하루에 세 반을 가르치느라 여섯 시간 내리 기타를 치는 날도 있었고, 설명을 하다가 계속 기타를 넘어뜨렸고 심지어 내가 구르기도 했다. 아이들은 처음 보는 '선생님'의 모습에 신기해했고 나보고 '남자 선생님' 같다고 했는데 담임선생님이 번역해주길, 아이들이 그동안 접해보지 못한 타입의 어른이라서 그렇게 말하는 것 같다고 했다. 그렇게 낯선 선생님과 아이들이 초등학교 교실에서 점점 음악을 만들어가고 있었다.

하루는 '건반과 베이스, 기타, 보컬과 드러머가 있어야 밴드'라 말하는 아이들에게 여러 가지 형태의 밴드 구성을 유튜브로 보여주고 있었다. 장난감을 악기로 연주하는 밴드. 드러머만 세 명인 밴드. 기타 치는 보컬 뒤에서 여덟 명이 서서 박수를 치며 화음을 넣어주는 밴드. 영상을 보던 한 아이가 혼잣말하듯 말했다.

"이거 완전 낭비네요."

박자에 맞춰 종이로 만든 형태들이 나왔다 사라지는 뮤직비디오를 보면서도 이렇게 말했다.

"종이 낭비다, 종이 낭비."

나는 영상을 멈추고 말했다.

"선생님은 낭비하는 게 직업인데?"

애들이 웃었다.

"낭비하는 사람들이 없으면 니가 그렇게 좋아하는 엑소도 없고, 엑소 뮤직비디오도 없는 거야. 그래, 뒤에서 박수 치라고 여덟 명이나 세워두는 게 낭비라면 낭비지. 드럼 한 대만 갖다놔도 할 수 있는 거니까. 근데 저 사람들 재밌어 보이지 않아? 낭비는 재밌는 거야. 나는 낭비하려고 사는데, 낭비 없으면 너희들 가르치고 일만 하고 집에 가서 자고 일어나고 다시 일하고 그렇게 살라고?"

"낭비 괜찮네요."

그애가 마침내 웃었다. 나는 신이 났다.

"너희가 나중에 커서 박수 아티스트나 장난감 악기 아티스트나, 선생님이랑 같이 한 재미난 것들을 직업으로 하는 사람이 되면 진짜 뿌듯할 것 같다."

아이들은 이렇게 대답했다.

"선생님 근데 그거 돈 안 될 것 같아요."

1년을 수업했지만 많은 것들을 할 순 없었다. 하루에 육십 명의 초등학생을 가르쳐야 했고, 생각했던 것보다 일이 너무 힘들어서 출근할 때마다 '왜 시작했을까' 생각했다. 아이들은 내 수업을 좋아했지만 항상 피곤해했고 수업의 재미를 곱씹을 새도 없이 학원 가방을 챙겨야 했다. 그래도 음악으로 하는 낭비가 재미있었으리라 생각하며 스스로를 위로했다.
'너희 인생에 이런 멋진 선생님을 다시는 못 만날 것이야.'

마지막 수업을 마치고 돌아오는 길. 그 아이들의 피곤한 일상에서 내가 특별한 선생님으로 기억되었으면 하고 마음속으로 정말 정말 바랐다.
'낭비하는 것을 직업으로 삼고 살고 있는 어른.'

누워서 생각하고 생각한 것을 글로 쓴다. 노래로 부르기도 한다. 그림을 그릴 때도 있고, 멍하니 뭔가를 두드리다 박자를 만들고 좋아하기도 한다. 나는 필요 없는 것을 만들어서 필요하게 만드는 사람이다. 그리고 가끔은 화초에 물도 주는, 낭비가 아닌 일도 하는 사람이다.

나도 생선이었으려나?

성폭력 피해자 쉼터에서 연락이 왔고 그곳 청소년들을 대상으로 작곡 수업을 부탁받았다. 당시 나는 고등학교와 초등학교 음악 수업을 동시에 맡고 있었고 스케줄이 벅차 거절하려 했는데 그들은 방학 때까지 기다려주겠다고 했다. 그렇게 여름방학이 되었고, 쉼터에서의 수업을 시작하게 되었다.

보통 학교에 일하러 갈 때 그다지 꾸미는 편이 아닌데 그날은 왠지 이 아이들에게 예쁘게 보여야겠다는 생각이 들었다. 아침 일찍 일어나 화장을 하고 옷을 골라 입다가 결국 밥도 못 먹고 쉼터에 허겁지겁 도착했다. 수업 전 활동가 선생님을 만나 주의사항 등을 전달받았다. 그때, 내가 가르칠 아이들이 모두 가정 성폭력 피해자라는 것을 알게 되었다. 그리고 나는 그 아이들에게 '어떤 일'을 당했는지 물어볼 수 없었다. 아이들을 이름 대신 별명으로 불러야 했고 연령대는 십대 초반부터 이십대 중반까지 다양했다. 나와 두 살 차이밖에 나지 않는 학생도 있었다.

걱정이었다. 내 수업은 항상 '나'에 대해 이야기하는 것을 시작으로 가사를 짓고 노래를 만들고 하는데, 이 아이들은 나에게 어떤 이야기를 들려줄 수 있을까? 이들에게 상처가 있다는 것을 알고 있지만 그것에 대해 직접적으로 물어볼 수도 없고 말이다. 하지만 수업을 시작하자 곧 '그 얘기'가 아니어도 아이들은 많은 고민과 생각으로 꽉 차 있다는 것을 알게 되었고, 대화가 끊기는 일은 생기지 않았다. 하지만 이야기를 나누며 이 아이들은 내가 가르쳤던 다른 학생들보다 좀더 무거운 분노와 슬픔이 있다는 것을 종종 느낄 수 있었다. 특히 이들은 '시선'에 강한 불안감과 거부감을 보이곤 했다. 길을 지나며 우연히 마주치는 시선. 학교 선생님의 시선. 그리고 쉼터에서 함께 지내는 서로에 대한 시선. 어떤 의도를 가진 시선이 아닌, 그냥 보는 것 자체에 대한 거부감이었다. 나는 아이들에게 매일 일기를 써 오도록 시켰다. 그렇게 몇 주간 꾸준히 일기를 쓰며 기타의 기본적인 코드도 연습했다. 몇 가지 코드 잡기와 멜로디 만들기에 익숙해진 뒤, 그동안 써온 일기를 바탕으로 가사를 쓰기 시작했다. 그때부터 마음이 많이 아픈 날이 많았다. 그들이 만들어내는 노랫말 때문이었다.

동글이란 별명으로 불리던 아이는 쉼터에서 단체생활을 하며 마음껏 울 기회가 없어, 모두의 눈을 피해 쓰러진 봉숭아 줄기를 세워주는 척 화단에 앉아 울었다고 써 왔다. 수업 내내 말을 전혀 듣지 않고 연습도 해 오지 않아 나를 힘들게 하던 중학생 아이 하나와는 수업 중반까지도 해결책을 찾지 못하고 있었다. 당연히 일기도 써 오지 않았고 뭔가 물어보면 대답을 요리조리 피하고 거짓말만 하길래 '지금부터 너는 모든 말을 거짓말로만 하라'고 정해주었다. 그러자 그애는 특별대우를 받는 것에 신이 나 작사를 하기 시작했다. 그렇게 그애가 '거짓말'로 쓴 가사는 결국 거짓말이 아닌 것 같았다. 그애는 평소에도 학교와 선생님에 대한 불신과 분노가 심했는데 '거짓말 가사' 속에 그 마음이 드러나 있었다.

나는 선생이 생선을 말하는 건 줄 알았어. 근데 사람들이 왜 생선에다 님을 붙이는지 이해가 안 됐어. 정말 바보 같은 일이야.

그애에게는 나도 생선이었을까?

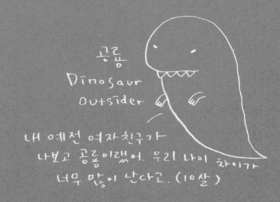

공룡
Dinosaur
Outsider

내 예전 여자친구가
나보고 공룡이랬어. 우리 나이 차이가
너무 많이 난다고. (10살)

나는 초등학생 때 별명이 공룡이었는데
왜인지는 몰라. 그냥 공룡.
그래서 내가 왜 '공룡'이냐고 물어보니까
그냥 공룡이니까 공룡이라는 거야.
근데 나중에 알게 됐는데
내 동생도, 내 사촌들 별명도 다 공룡이었어.

크와아앙

더이상은 싫다

열여덟에 독립해서 집을 나온 이후로 12년간 이사를 열 번다녔다. 세번째 이사부터는 키우는 고양이 준이치도 함께했다. 그러니까 준이치도 이사를 여덟 번 경험한 것이다. 처음 내 돈으로 마련할 수 있는 보증금이 60만 원이었기 때문에 집 같지도 않은 집에서 더더욱 집 같지도 않은 집으로 의미 없이 옮겨다녔다. 어떤 집에선 너무 추워서 비염과 천식이생겼고, 어떤 집에선 발가락이 동상에 걸렸으며 쥐의 시체와날아다니는 바퀴벌레, 많은 것들과 함께 살았다.

그리고 한 달 전, 드디어 열번째 이사를 마쳤다. 그동안은 혼자 살거나 남자친구와 잠깐씩 같이 살곤 했는데 처음으로 여자 친구 두 명을 룸메이트로 맞이하게 되었다. 우리가 이사한 곳은 망원동의 주택이고 복층 구조에 방 세 개, 넓은 거실겸 부엌과 춥지 않은 화장실이 있는 엄청나게 좋은 집이다. 지금도 아침에 일어나 거실 식탁에 한동안 가만히 앉아 이런 생각을 한다. '내가 이렇게 좋은 집에 살아도 되는 걸까.'

집이 너무 좋다. 화장실이 춥지 않다. 창문이 많고 해가 잘
든다. 방이 세 개나 있다. 요리를 좋아하는 룸메이트가 아침
저녁으로 부엌에서 뭔가 맛있는 걸 만든다. 함께 장을 보고
식탁에 둘러앉아 영수증을 펼쳐놓고 삼등분으로 나눠 계산
을 한다. 방의 크기가 모두 같진 않지만 세 방 모두 섭섭하지
않게 적당히 크다. 고양이는 위층과 연결된 계단을 오르내
리는 것을 좋아하고 계속 밥을 안 먹은 척을 해서 우리는 다
른 사람이 밥을 준지도 모르고 돌아가면서 계속 고양이에게
밥을 준다.

이전에 살았던 어떤 동네에는 점집이 너무 많았고 우리집에
도 귀신이 있는 것 같았다. 나는 머리를 어느 방향으로 두고
자든 악몽을 꿨고 그 집에서 사는 2년 내내 그랬다. 새로운
집에는 귀신이 없다. 악몽을 꾸지 않고 산뜻하게 일어날 수
있다. 그렇기 때문에 더더욱 나는 그런 생각을 계속할 수밖
에 없다. '내가 이렇게 좋은 집에 살아도 되는 걸까.'

그동안 고생스럽게 살았던 것에 대한 보상을 받는 것일까?
내가 살았던, 끔찍했던 집들을 떠올려본다. 그 집 귀신은 새
로 들어온 사람에게 또 악몽을 꾸게 할까? 보일러가 없던 집
에 사는 사람은 겨울에 그 난관을 어떻게 헤쳐나갈까. 나는

결국 동상에 걸렸었는데 그 집으로 새로 이사 간 사람은 괜찮을까? 문이 안 잠기던 그 집에는 남자가 살까, 여자가 살까? 문득 궁금해서 문이 안 잠기던 예전 집에 찾아간 적이 있다. 안에 기척이 없길래 문을 당겨보았다. 여전히 문은 잠겨 있지 않은 채 바로 열렸고, 안에는 누군가 살고 있는 흔적이 있었다. 비좁은 방에는 전기장판과 옷가지와 술병들이, 현관에는 크고 더러운 운동화가 나뒹굴고 있는 게 남자가 살고 있는 것 같았다. 남자가 살아서 다행이라고 생각하면서 그곳을 나오는데, 어떤 아저씨가 그곳이 곧 헐릴 거라고 말해주었다. 문이 안 잠기는 그 집의 남자는 그곳이 헐리면 어디로 갈까. 그 집은 보증금 100만 원에 월세가 10만 원인데……. 그런 곳을 또 어디서 구할 수 있을까?

나는 더이상 이사를 하고 싶지 않다. 이대로 아침마다 '이렇게 좋은 집에 살아도 될까' 생각하면서 오랫동안 살고 싶다. 행복을 불안해하면서.

살고 싶습니다

최근 있었던 가장 강력한 일은 처음으로 나의 의지와 돈으로 침을 맞으러 한의원에 간 것이다. 침은 내가 가장 두려워하는 치료법으로, 엄마가 무력으로 끌고 갈 수 있는 초등학교 저학년 이후엔 맞아본 적이 없다. 그런데 작년 말 배드민턴을 치다 발목을 접질렀고, 물리치료를 받으며 버텨보았지만 몇 달이 지나도 낫질 않아 결국 한의원을 찾아가게 되었다.

그렇게 자의로 침을 맞은 그날, 병상에 누워 몇 번이나 내뱉은 말은 '살려주세요'였다. 정확히 표현하면 '선생님! 살려주세요!'였다. 그 말은 내 이성에서 나온 말이 아니었다. 발목 상태가 아주 나빠서 보통 침보다 효과도 세고 아프기도 훨씬 아픈 약침을 맞으며 본능적으로 나온 말이었다. 약침을 맞는 내내 나는 살려달라고 몇 번이나 외쳤다.

내가 누군가에게 살려달라는 말을 해봤던 게 언제였나 생각했다. 기억나지 않는 걸 보니 아마 별로 없었나보다. 살면서 살려달라는 말이 나오는 상황이 그리 쉽게 오나. 그런데 기껏 발목에 약침을 맞으며 그 말이 나오다니. 침을 꽂고 누워 쉬면서 헛웃음이 나왔다. 동시에 좀 찌릿한 기분도 있었다. 나는 평소 무기력하고 우울할 때 삶에 대해 비관적인 생각을 많이 하는데, 실은 생의 끈을 아주 꽉 잡고 놓고 싶어하지 않는다는 걸 깨달았기 때문이었다.

살아 있다는 것. 그 사실 하나로도 굉장한 일이 아닌가 생각한다. 내가 선택한 것은 아니었지만 태어난 순간 생은 시작되었고, 그후부터는 내가 사는 모습에 따라 삶이 어떤 궤도를 그리기 시작한다. 지금까지는 어떤 모습이었는지 모르겠으나 나의 선택과 취향 그리고 직업과 친구 등 여러 가지 조건들로 삶이 채워져 훗날 뒤돌아보았을 때 어떤 모양의 궤적인지 또렷이 보일지도 모르겠다.

나는 삶의 여러 요소 중에 즐거움을 가장 추구하며 살고 있다. 사랑하는 삶, 행복한 삶에 대해선 아직 잘 모르겠다. 그나마 즐거운 삶이 내가 추구할 수 있는 최선의 모습인 듯하다. 즐거운 삶의 초상이란 게 매일 웃음이 나고 춤이 절로 나오는 그런 모습은 아닌 것 같다. 오히려 찡그리고 있는 표정과 더 가깝달까. 일테면 이 글을 쓰고 있는 나의 표정 같은 거다. 어떤 생각을 하고 그것을 글로 적으며 또다시 생각하고, 생각이 막히면 친구랑 대화를 나누며 다시 생각을 정리하고 쓴다. 이 글의 제목을 생각하고 삽화는 어떻게 그릴까 고민한다. 그렇게 온전히 한 페이지를 만들고 난 기분은 '즐겁다'.

생각하는 것이 즐겁고 그것을 말하는 것이, 노래하는 것이, 그리고 쓰는 것이 즐겁다. 그것이 고될 때 '아휴 죽고 싶다'라는 말을 습관처럼 했던 것 같다. 하지만 그게 '죽는 게 좋겠다' '살아서 뭐하나' 하는 뜻은 아니었다. 최근엔 습관으로라도 그런 말을 했던 것이 부끄러웠다. 나는 살고 싶다. 그래서 침을 맞으면서 그렇게 외쳤던 거다. 살려주세요. 살고 싶습니다. 즐겁게 살고 싶습니다.

그 방법을 계속 찾으며 살아가겠습니다.

왜 자꾸 이렇게 하고 싶지?

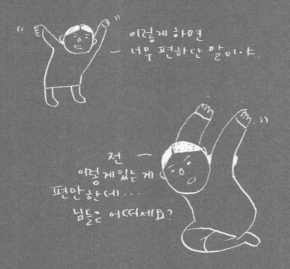

"이렇게 하면
너무 편하단 말이야."

전
이렇게있는게
편안한데...
님들은 어떠세요?

병원에
가봐야되나...

...?

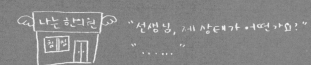 "선생님, 제 상태가 어떤가요?"

"......"

 ㅡ 들어가봐

어~
왠지 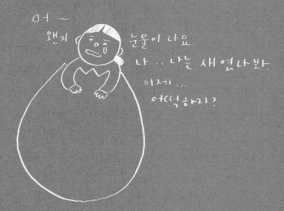 눈물이 나요.

나... 나는 새였나봐

이제...

어떡하지?

선생님,

이거 구입할수

있나요?

많이 비싸요?

우리는 일을 해서 헤어지지

강남에 나가 한 패션지 기자와 점심을 먹었다. 작년에 그 잡지에 화보 촬영을 한 것을 계기로 알게 된 사이인데 이후로도 종종 메시지도 주고받고 하다 반년을 훌쩍 넘겨 다시 만나 밥을 먹게 되었다. '이랑씨'와 '기자님'으로 만났지만 메시지를 주고받거나 만나서 얘기를 나누다보면 반말과 존댓말이 섞이고, 점심 약속도 일인지 친목인지 모를 애매한 경계를 넘나든다. 그런데 이런 애매한 관계들이 점차 늘어나고 있다. 다이어리는 일도 친목도 아닌 약속으로 가득차고 나는 그런 약속을 일단 '미팅'이라고 써둔다. 미팅이 자꾸 늘어나다보니 미팅이 아닌 만남은 자연히 줄어든다. 앞에 뭐가 안붙은 '그냥 친구'들과의 약속이 없다. 7년째 베스트프렌드라고 부르고 있는 친구는 1년에 한 번 보기도 힘드니 베스트프렌드라 부르기 어색하고 부끄러워진 지 오래다. 헌데 '그냥친구'를 만나기 위해 시간을 내는 것은 왜 이리 어려울까. 오히려 얼굴을 안 보고도 일 관계를 유지할 수도 있는 사람들과 얼굴을 되도록 많이 보려고 노력하고 있다. 나는 보통 퀵으로 주고받을 수 있는 문서를 직접 받으러 상대 회사로 찾아가곤 한다. 그렇게 찾아가 전화와 메일로 주고받을 수 있는 말들을 나누고 믹스커피를 마시며 20분 정도 짧은 대화를 나눈다. 그리고 또 다음 일을 받으러 올 때까지 바이 바이. 그렇게 발로 찾아가 내가 누구와 일하고 있는지, 그 사람의 얼굴을 보는 게 좋다. 그러면 그 일을 할 때 그 사람의 얼굴이 떠오르고, 그러면 마감이나 약속을 어기지 않는 데에 도움이 되는 것 같기도 한데 그건 정확히 모르겠다.

'우리는 일을 해서 만나고 일을 해서 헤어지지.'
이건 준비하고 있는 2집 앨범에 실릴 곡의 가사 일부분이다. 곡을 모으고 정리하면서 2집의 주제가 '일과 사람'이라는 것이 명확해지고 있다.

내가 돈을 받고 일을 처음 해봤던 게 언제였더라. 열일곱이었나. 〈페이퍼〉라는 문화월간지에 만화를 연재하면서부터였으니까. 참 일찍 일을 시작했다. 그리고 아마 죽을 때까지 일을 해야 할 것이다. 대출 받은 학자금으로 대학을 다니며 알바도 하지 않고 학교 작업실에서 살며 함께 가난하고 함께 놀았던 친구들은 지금은 모두 일을 한다. 내가 그들이 갑자기 보고 싶을 때 그들은 일을 한다. 반대로 그들이 나를 갑자기

보고 싶어해도 일을 해야 해서 나갈 수가 없다. 오늘같이 붙어 앉아 글을 쓰거나 해야 하니 말이다. 자연스럽게 '나'라는 글자 앞에 '일을 하는'이란 수식어가 붙어 있는 것 같다. 이 글을 쓰며 '그냥 친구'가 너무 보고 싶어졌고 전화를 걸었다.

"어디야?"
"나 사무실인데, 놀러와."
"너가 놀러와. 나는 카펜데."
"안 돼. 나 지금부터 회의해야 돼."
"그래? 무슨 회의인데?"
"잠깐만, 내가 좀 이따가 전화할게."

'그냥 친구'는 항상 좀 이따가 전화한다고 하거나, 내일 전화한다고 하지만 결국 전화하지 않는다. 그리고 나는 이대로 카페에서 글쓰기를 마치고 집으로 돌아갈 것이다.

벌벌

대학의 어느 과에 진학할 것인가에 있어서 나는 별생각이 없었다. 별생각이 없었기 때문에 입시요강에서 정원이 가장 많은 과에 지원했다. 그렇게 영화과에 입학했다. 영화과에 입학하고 나서도 영화 공부를 하는 데 큰 뜻이 없었기 때문에 1, 2학년 때 대부분 타과 수업을 전전하며 시간을 보냈다. 그렇게 안 들어본 수업이 없었다. 미술전공실기, 무용실기, 연기, 누드크로키, 그림책 만들기, 시 쓰기, 소설 쓰기, 비평 등등.

연기과 전공 수업인 즉흥연기 수업도 1년 동안 수강했다. 그때 친해진 친구들과는 아직까지도 함께 영화 작업을 한다. 2008년도 즉흥연기 수업에선 나 혼자 타과생이었다. 첫 수업 때부터 겁이 났다. 나는 첫 수업에 원피스를 입고 갔는데 연기과 애들은 전부 추리닝을 입고 있었다. 시작부터 웬 술래잡기를 시켜서 땀을 뻘뻘 흘리며 뛰어다녔는데 원피스와 스타킹이 너무 거슬렸다. 결국엔 스타킹과 원피스를 벗어버리고 민소매에 속바지만 입고 뛰어다녔다. 즉흥연기 수업이란 이름에 걸맞게 매번 수업 전까지 뭘 하게 될지 알 수 없었다. 대신 매 수업 때마다 시간 내에 배운 걸 토대로 연기 발표를 했다. 딱히 내가 타과생이라고 봐주는 분위기는 없었기 때문에 나도 몸을 던져서 열심히 해야 했다.

연기 발표를 하기 전에는 언제나 떨렸다. 옷이 흔들릴 정도로 심장이 뛰었다. 나 말고 다들 연기과 동기들이라 다들 서로서로 아주 친했고, 그래서 다들 발표에 걱정 없어 보였다. 모두 발표를 웃으면서 즐기는 것 같았다. 나도 따라 웃고는 있었지만 심장이 떨리는 건 멈출 수가 없었다. 그러다 주변의 사람들을 둘러보았는데 연기과 애들도 웃고는 있었으나 나처럼 벌벌 떨고 있었다. 충격이었다.

사람들 앞에 나서서 뭔가 하는 것은 모두에게 떨리는 일이구나, 이게 전공자 비전공자의 문제가 아니구나. 그렇다고 심장의 떨림이 멈춰지진 않았지만 이들과 한층 가까워지는 느낌이었다. 우리는 모두 같구나. 친구 앞에서 연기를 하든, 타인 앞에서 연기를 하든. 무대에 오르는 것은 모두에게 떨리는 일이구나.

한편, 앞에 나와서 발표를 하면 내가 떨고 안 떨고는 부차적인 문제였다. 보는 사람은 무대가 재미있나 없나만 신경썼다. 그것 또한 충격이었다. 재미가 없는 건 참아주지 않는다. 그래서 무대에 오르면 떨리고 부끄럽고에 상관없이 재미있는 것을 보여줘야만 했다.

음악을 만들고 공연도 하면서, 떨리는 상황은 더 많아졌다. 작은 무대이건 큰 무대이건 매 무대 전에 손에 땀이 나고 떨렸다. 그럴 때마다 2008년도의 즉흥연기 수업 때를 생각했다. 떨리는 건 어쩔 수 없다. 사람들 앞에 서는 건 당연히 떨리는 일이다. 다만 무대에 올라서서는 무대에 올라서 할 만한 것을 보여주자. 내가 집에서 여유롭게 음료수 마시면서 노래 부르는 모습을 보려고 사람들이 공연을 찾아온 게 아니다.

사실 내가 음악으로 무대에 서게 된 것은 단지 하나의 이유였다. '돈을 벌자.'

무대에 서는 것은 남들에게 뭔가를 보여주는 일이다. 뭔가를 보여주는 일을 만들기까지는 많은 시간과 공이 들어간다. 일단 공연에서 부를 노래들이 있어야 한다. 그래서 노래들을 만들어야 한다. 그 노래들 중에 공연을 위한 곡들을 정해야 하고, 흐름을 생각하고 또 연습해야 한다. 그렇기 때문에 그 것을 보여주는 것이 돈을 벌 수 있는 일이라고 생각했다. 그 래서 무대를 찾았고 무대에 섰다.

처음으로 클럽에서 공연을 한 날, 페이는 없었고 클럽 주인 이 맥주를 한 병 줬다.

나와 내 연인들은 왜

너는 너무 나와 다른 아이 (처음부터)
너는 너무 나와 다른 그 길 (하지만)
하지만 한 번쯤은 이루어질 수
있을 거라고
난 생각했어
난 손을 잡고
난 입을 맞추고
난 잠을 자면
그렇게 될 수 있을 거라고 하지만
하지만 미안해 너를 너무
미안해 너를 너무

곡 작업은 언제나 누워서 중얼중얼거리는 것으로 시작한다.
곡을 써야겠다고 생각하고 중얼중얼거리는 건 아니다. 단지
잠이 오지 않기 때문에 허공에 대고 말을 하는 것뿐이다. 주
로 질문을 던지는 것으로 중얼거림을 시작하곤 한다. 이 노

래 〈너무 다른〉은 '왜 우리는 안 되는 걸까?' 하는 질문쯤으로 시작하지 않았을까. 그렇게 질문을 던지고 왜 그런지에 대해 중얼중얼 혼자서 추론해본다. 가볍게 답이 나올 때도 있지만, 결국 답도 못 내고 잠도 홀딱 깨버리는 때가 더 많다. 그러면 자리에서 벌떡 일어나 앉아 기타를 잡는다. 기타를 치는 건 멜로디의 힘을 빌려 생각을 좀더 유동적으로 하고 싶어서이다. 나는 기타의 이곳저곳을 짚어보며 좋은 소리를 찾는다. 좋은 소리란 지금 내 생각을 부드럽게 받쳐줄 만한 음들을 말하는 것이다. 적합한 음을 발견하면 그 음을 연속적으로 치며 생각을 이어나간다. 이제 기타와 중얼거림은 자연스레 어떤 멜로디를 타게 된다. 아무리 책을 읽는 것처럼 말을 하고 있어도 귀로 들려오는 기타 음들 때문에 의도하지 않은 멜로디가 입으로 나오기 시작한다. 이것은 마치 수영을 하는 것과 비슷하다. 몸에 힘을 빼고 물에 몸을 쓱 맡기면 수면 위로 떠오르는 것처럼. 이제 나의 말들은 기타 음을 타고 떠오른다. 중얼거리던 수많은 말들이 어디론가 왔다갔다하기를 반복하고 곧 새로운 말로 다시 돌아온다. 해보지 않으면 알 수 없는 신기한 과정이다. 음과 말과 그리고 내가 그동안 받은 교육과 무의식 속에 있던 의식이 모두 힘을 내서 노래를 만들고 있는 것이다. 의식적으로 생각을 하는 것은 오히려 방해가 된다. 나의 모든 상태를 이 흐름이 끊기지 않게 계속 굴려야 한다. 손은 기타 치기를 멈추지 말아야 하고, 입은 어찌됐든 뭔가를 계속 읊어나가야 한다. 귀는 이 모든 소리를 듣고 뇌는 반응해야 한다. 때때로 이 상태가 몇 시간 동안 지속되기도 한다.

그렇게 어느 날 밤, 중얼거림으로 시작한 말들이 한두 시간 뒤 한 곡의 노래로 완성된다. 물론 이것은 아주 잘 구워지는 날의 일이긴 하다. 매일 밤 이렇게 노래가 잘 구워지면 좋겠건만. 이건 그렇게 하자고 결심해서 되는 일은 아니라서 말이다.

〈너무 다른〉은 예전에 사귀었던 사람과 헤어질 때 주려고 만들었던 곡이다. 누구도 헤어지자고 말하진 않았지만 우리는 곧 헤어질 것이라는 예감이 들었었다. 이 노래를 만들 당시 그는 잠수를 타서 연락이 되지 않고 있었다. 그는 싸울 때마다 잠수를 타는 나쁜 버릇이 있던 사람이었다. 그날도 여전히 전화를 받지 않았고 나는 그가 전화를 받지 않고 무얼 하고 있을까 생각했다. 음성메시지도 많이 남겼다. 매일 마음이 아파서 잠을 잘 수가 없었다. 여러 날이 지난 뒤 그가 집 앞에 찾아와 이별을 이야기했다.

그는 '랑아 나 좀 도와줘, 나 좀 살려줘'라고 말했다. 내가 그와 헤어지는 것이 그를 돕고, 그를 살리는 일이었다는 것인데, 그 말은 후에도 오래도록 나를 아프게 했다.

나는 사람을 사귀는 것을 참 좋아하고 사람에 대한 관심이 넘치는 사람이라 친구도 연인도 많이 사귀었다. 하지만 사귐의 과정에서 언젠가는 꼭 헤어져야 한다는 것을 잘 받아들일 수가 없었다. 내 이론상 모든 사람은 매일 조금씩 변하고, 나는 그것을 예측할 수가 없다. 바로 그 점이 사람을 사귀는 재미난 이유였기 때문에 누군가에게 질린다는 것은 불가능한 일인 것 같았다. 나는 평생 나를 보고 겪고 또 보고 겪어도 항상 신기한데 어떻게 모르는 게 더 많은 남에게 질릴 수 있을까? 내일이 다르고 몇 년 후가 다를 우리는 왜 재미난 관계를 계속 유지할 수 없을까?

실은 나는 어떤 사람과도 사귈 수 있는 사람이다. 누군가에게 반해서 사귀게 된 일이 한 번도 없다. 누군가를 반복적으로 만날 기회가 생기면 그 사람과 자연스레 사귀곤 했다. 이 노래를 받았던 사람도 처음 만났을 때부터 그다지 맞는 구석은 없었다. 단지 나는 둘이 시간을 많이 보내면 보낼수록 좋은 관계가 되리라고 막연히 이상적으로 생각했다. 사귀는 방

법도 너무 단순했다. 흥미로워 보이는 사람을 만나면 '우리 친하게 지내자'라고 말했다. 꽤 유아적인 방법으로, 아직까지는 꽤 많은 사람에게 통했던 화법이다. 그렇게 '사람을 사귀는 것'이 어느새 취미이자 특기가 되어버렸다. 그래서 나중에 헤어질 일이 더 많았는지도 모른다.

영어 단어 중에 나의 습성을 잘 표현해주는 'bonding'이라는 단어가 있는데, 참 보면 볼수록 나와 딱 맞는 단어라는 생각이 든다. 나는 왜 이렇게 타인과 bond하고 싶어하는 것일까. 나는 언제부터 bonding주의자가 된 것일까에 대해서도 참 많은 생각을 해봤다. 수많은 생각과 책과 대화와 상담을 거쳐 나의 bonder 성격은 유아, 청소년기의 가족과의 유대 관계 부재라는 결론을 얻곤 했다. 맞다고 생각했다. 나는 어릴 때부터 내가 선택하지 않은 유대 관계인 가족이라는 시스템에 회의적이었다. 열일곱에 첫 연애를 시작했을 때, 처음으로 내가 선택해서 맺은 유대 관계에 신비롭고 강렬한 감정을 느꼈고, 강한 이끌림으로 열여덟에 독립해 애인과 첫 동거를 시작했다. 이후로 나는 애인 아니면 친구와 함께 살아왔다. 이처럼 나는 가족관계의 반작용으로 자연스레 타인과의 bonding에 집중하는 사람이 된 것일까? 친구와의 스킨십도 좋아해, 사귀지 않는 남자애와도 손잡고 다니기를 좋아할 때도 있었다. 하지만 언니와 동생, 아빠와는 손도 안 잡고 포옹도 하지 않는다. 엄마와는 가끔 손을 잡는다.

이 글을 쓰면서 입으로 쯧쯧 소리를 냈다. 나는 중용의 미덕이 없는 인간이다. 오늘도 나에 대한 발견을 했다. 정말 겪어도 겪어도 나란 사람은 신기할 뿐이다. 그럼에도 불구하고 나와 내 연인들은 모두 헤어진다.

그런 날이 있었다네

私だちは毎日納豆食べましたね
우리는 매일 낫토를 먹었다네

毎日納豆食べてナリタは出勤しましたね
매일 낫토를 먹고 나리타는 출근을 했다네

IRAにIRAに IRREGULAR RHYTHM ASYLUM
아이알에이로 아이알에이로 IRREGULAR RHYTHM ASYLUM

新宿で10年間ずっとそこにありましたね
신주쿠에서 10년 동안 쭉 거기에 있었던 곳이라네

IRAは水曜日に休みの日だね
아이알에이는 수요일이 쉬는 날이라네

その日ナリタとユキと私は美術館に行きましたね
그날 나리타와 유키와 나는 미술관에 갔었다네

そこで切ない展示を見て泣いちゃったね
거기서 뭔가 짠한 전시를 보고 울어버렸다네

私は携帯忘れてみんな走って探したね
나는 핸드폰을 잃어버려서 다 함께 뛰어다니면서 찾았다네

ナリタは私のジャパニーズお兄ちゃんだね
나리타는 나의 일본인 친오빠 같다네

そんなお兄ちゃんのお店が今年10周年になったね
그런 사람의 가게가 올해 10주년을 맞았다네

IRA IRA IRREGULAR RHYTHM ASYLUM
아이알에이 아이알에이 IRREGULAR RHYTHM ASYLUM

おめでとうおめでとう
축하해 축하해

친구를 생각하면서 노래를 만들기도 하는데 이 곡은 그렇게 만들어졌다. 2012년에 첫 앨범 [욘욘슨]을 발표하고 그해 처음으로 일본에 공연을 가게 되었다. 일본에서 받은 인상이 너무 좋았고, 공연을 하며 만나게 된 사람들과의 인연이 좋게 이어져 이후로도 꾸준히 1년에 두 번 정도 정기적으로 일본에 가고 있다. 함께 공연을 하거나 소개받아 알게 된 뮤지션 친구들이 많이 생겼고, 공연장에 관객으로 찾아와 친해진 사람들도 많다. 친해진 경로가 다른 만큼 그 친구들의 느낌도 좀 다르다. 뮤지션 친구들은 동종업계 종사자로서 나를 흥미로워하면서도 '여긴 내 홈그라운드다. 니 밥그릇은 여기 없다' 하는 느낌이 있다. 같이 공연을 하게 되어도 은근 물밑 경쟁심도 느껴지고. 반면에 공연장에서 관객으로 만난 친구들은 그런 게 전혀 없다. 음악이 밥줄이 아니라서 그런 걸까. 경계심이 전혀 없다.

이 노래의 주인공은 나리타 케이스케다. 작년 1월 공연장에서 처음 만났다. 이랑 밴드가 아니라 야마가타 트윅스터의 백업댄서로 일본 공연을 갔을 때였다. 공연이 끝나고 무대에서 내려와 이런저런 사람들을 소개받았고 나리타 케이스케는 그중 한 사람이었다. 그는 신주쿠에서 IRA라는 이름의 숍을 운영하는 오너였는데 그의 첫인상은 사실 잘 기억이 나질 않는다. 오히려 그의 여자친구인 유키 나카무라의 인상은 확실히 기억에 남아 있다. 유키의 인상은 정말 특별했다. 작은 체구에 짧은 커트 머리, 까맣고 쬐그만 눈, 하지만 전체적으로는 강인한 기운이 있었다. 지금까지도 내가 본 일본 여자 중에 가장 매력적이라고 생각하는 사람이다.

그해 6월에 공연으로 또 한번 도쿄를 찾았고 다시 공연을 찾아와준 두 사람과 좀더 얘기할 기회가 있었다. 우리는 새벽 내내 이야기를 나누고 첫차가 다닐 때까지 길바닥에 앉아 술을 마시고 놀았다. 유키라는 그 여자애가 너무 좋아서 나는 친구에게 우리 둘이 이야기하고 있는 사진을 몰래 찍어달라고 부탁하기도 했다. 그리고 나는 한국에 돌아와 유키의 페이스북을 뒤져 가장 예쁘게 나온 사진을 저장했다.

그리고 9월, 도쿄아트북페어에서 내 만화책을 판매하기 위해 다시 도쿄를 찾았을 때 열흘이 넘는 동안을 유키와 나리타의 집에서 머물게 되었다. 지금 돌이켜보니 너무 오래 묵어서 굉장한 실례였던 것 같은데, 당시에는 실례인 줄도 모르고 좋아하는 사람과 함께 지내는 것에 신나기만 했었다.

나리타는 매일 가게에 나가야 하는 일이 있었고, 유키도 아르바이트를 하고 있는 상태라 우리 셋이 여유롭게 놀 수 있는 시간은 많지 않았다. 나도 매일 다른 친구들을 만나러, 다른 뮤지션 친구의 공연에 초대받아 다니느라 바빴다. 하지만 저녁이 되면 작은 부엌 식탁에 셋이 둘러앉아 한 시간 정도는 꼭 이야기를 했다. 어떤 날은 유키가 아주 피곤해했기 때문에 유키는 이불 속에 누워, 나는 그 옆 의자에 앉아 이야기를 나누기도 했다. 우리의 이야기는 주제를 넘나들었고 어찌나 말이 잘 통하는지 어떤 땐 내가 외국인이라는 걸 모두가 잊기도 했다.

나리타의 숍이 휴무인 어느 수요일, 우리는 미토에 있는 미술관에 다 같이 갔다. 도쿄에서 기차를 타고 한 시간 정도 가야 하는 미술관이었다. 거기에서는 옷을 주제로 한 특별전이 열리고 있었고, 그중 미란다 줄라이와 해럴 플레처의 〈Learning to love you more〉 전시가 있었다. 동명의 홈페이지에 두 작가가 과제를 올리면 사람들이 자발적으로 결과물을 홈페이지에 게시하여 참여하는 프로젝트로 2009년 종료된 것이지만, 그중 한 과제를 미토의 미술관에서 현지 일본인들과 재현하고 있었다. 〈Learning to love you more〉 프로젝트의 55번째 과제였던 'Photograph a significant outfit'의 결과물을 전시하고 있었는데, 그 과제에 참여하는 사람들은 다음과 같은 방식으로 사진을 찍어 보내야 했다.

6개월 안에 일어난 일 중에 당신에게 의미가 있었던 날 입었던 옷을 바닥에 세팅한다. 중요한 건 그 옷을 입은 사람이 바닥에 누워 있다가 그대로 납작해진 다음 증발한 것처럼 옷이 놓여야 하는 것이다. 셔츠는 입던 그대로 바지 속으로 들어가 있고, 양말은 구두 안에, 또 차고 있던 액세서리나 가방도 잊지 말아야 한다. 의자나 테이블에 올라가 위에서 내려다보는 각도로 옷의 사진을 찍는다. 사진을 보낼 때는 그 옷을 입은 날에 있었던 일을 간단하게 써서 첨부한다.

간단한 룰이고 간단한 사진전이었다. 한쪽 벽에 과제에 대한 룰이 커다랗게 쓰여 있었고 그것을 다 읽은 뒤 별생각 없이 사진과 글을 보기 시작했는데 겨우 한두 장 봤을까 갑자기 울컥하며 눈물이 나왔다. 정말 완벽하게 타인의 옷이었고 특별할 것도 없는 사연들이었다. 예를 들면 '이 옷은 내가 정말 가고 싶었던 학교에 입학원서를 낸 날 입었던 옷이다' '이 옷은 내가 글을 쓰는 것을 얼마나 좋아하는지 깨달은 날 입었던 옷이다' 좀더 특별한 사연들도 있었다. '이 옷은 내가 다시는 만나지 못할 사람과 마지막으로 만나는 날 입었던 옷이다' '이 옷은 내가 더 잘할 수 있을 거라는 당신의 말을 처음으로 믿게 된 날 입었던 옷이다' '이 옷은 오빠가 사고로 죽었다는 이야기를 엄마에게 전화로 들었던 때 입었던 옷이다'.

짧은 글 아래에는 옷 주인의 이름과 사는 곳이 쓰여 있었다. 모르는 이름들과 모르는 동네들이지만 그곳에 살고 있을 이들의 삶이 친밀하게 느껴졌다. 한편 그 인물이 함께 찍혀 있지 않은, 바닥에 납작하게 놓인 옷 사진 때문인지 그들이 마치 이미 죽은 사람처럼 느껴지기도 했다. 멋대로 그런 안타까운 생각을 해놓고 눈물까지 났다. 자신에게 의미 있었던 날 입었던 옷과 소품들을 바닥에 하나하나 세팅해두고 의자나 테이블에 올라 사진을 찍기 전, 그 옷의 모습을 내려다보던 본인들의 마음은 어땠을까.

우리는 전시를 보고 돌아오는 길에 옷과 사람의 관계에 대해 많은 이야기를 했다. 그리고 각자의 옷을 바꿔 가지기로 했다. 나는 곧 서울로 돌아가야 했고, 유키와는 또 언제 만날 수 있을지 모르는 일이었다. 나는 유키의 티셔츠를 입고 비행기를 탔고, 서울 집에 도착해 입고 온 옷을 그대로 벗어 방바닥에 두고 사진을 찍어 유키에게 보냈다. 메시지도 함께 보냈다.

This is what I was wearing when I said goodbye to someone who I never wanted to say goodbye to.

내가 서울로 돌아온 이후, 6월 나리타의 숍 IRA가 10주년을 맞았다. 유키는 나에게 비밀스럽게 축하 영상을 만들어 보내줄 것을 부탁했고, 나는 그날도 방바닥에 누워 기타를 잡고 중얼거리다 이 노래를 곧장 내뱉었다.

우리가 함께 갔던 미토의 미술관, 함께 탔던 기차, 미술관에서 나와 밥을 먹고 식당에 핸드폰을 두고 나와 기차역을 가다 핸드폰을 찾으러 셋이 함께 달렸던 길, 아침에 각자의 일로 집을 나서기 전 간단하게 차려 먹었던 낫토밥, 내가 가장 좋아하게 된 일본인 친구 두 명, 나리타 케이스케와 유키 나카무라. 그들을 기쁘게 하고 싶었다.

노래와 같은 이름들

일본에서 나리타와 유키 커플의 집에 보름 내내 머물렀다. 도쿄 케이세이센 메이다이마에 역 근처의 집이었다. 집에서 나와 역까지 걸어가는 길이 생각난다. 특별할 것도 없는 고가도로 밑으로 걸어가는 길이다. 그다지 일본스러울 것도 없고 예쁠 것도 없는 길인데 그 역까지 걸어가는 길이 계속 생각난다. 정말 별다른 것 없는 길이었다. 헌데 그 길을 걸으면서 우는 날도 있었고, 웃었던 날도 있었고, 식은땀이 나던 날도 있었고, 좀 아픈 날도 있었다. 뛰어가기도 했고 비를 맞기도 했고 음악을 듣기도 했다.

집에서 역까지 가는 길은 여러 가지다. 육교로 올라갔다가 주택가 사이로 조용하게 걸을 수 있는 루트와 큰길로만 쭉쭉 가다가 횡단보도를 두 번 건너는 루트. 그렇게 일본에 있던 2주간 매일매일 외출을 했다. 하루종일 집에 붙어 있던 날이 하루도 없었다. 몸이 안 좋은 날에도 기어이 나갔다.

한국으로 돌아오기 전날엔 핸드폰도 끊겨서 사용할 수 없었다. 그것이 나는 별로 불안하지 않았는데 친구는 내가 길을 잃어버릴까봐 나보다 더 불안해했다. 나는 혼자 기치조지 역에 가서 서울 친구들에게 줄 선물을 사고 메이다이마에 역으로 무사히 돌아왔다. 그런데 이상하게도 오히려 그때부터 불안해졌다. 친구들은 저녁 열한시 열두시에 돌아오기로 되어 있었고, 내가 집에 돌아온 시간은 오후 다섯시쯤이었다. 핸드폰은 되지 않고 배는 고프고 시간은 이상하게 많았다. 집 앞 카페에서 마지막 파스타를 먹자고 생각하고 밖으로 나갔는데 매일 열려 있던 카페는 그날따라 문을 닫았다. 다시 걸어서 역 근처 도토루 카페 흡연실에 갔다. 아주 좁았고 사람들로 꽉 차 있었다. 빈약한 샌드위치에 커피를 마시고 메이다이마에의 친구 둘, 유키와 나리타에게 줄 편지와 그림을 쓰고 그렸다. 미적미적 느릿느릿 했는데도 겨우 저녁 아홉시였다. 집으로 돌아가 불안감에 떨면서 나리타가 돌아올 때까지 두 시간 동안 거실에 앉아 있었다. 나리타는 열한시에 돌아와 내게 낫토볶음밥을 만들어주었다.

한국으로 돌아가는 날 아침엔 비가 멈추지 않았다. 유키와 나리타와 공항버스를 타는 곳에서 울었다. 며칠 전 셋이 식탁에 둘러앉아 돌아가는 날엔 서로 힘내서 울지 말자고 약속했었는데 말이다. 나는 전철에서부터 계속 울지 않도록,

힘내서 참고 있었다. 버스를 타기 전에 벌써 눈물을 글썽거리고 있던 유키가 나를 안아주었고 결국엔 모두 울어버리고 말았다.

공항버스 안에는 나 말고도 혼자 오랫동안 훌쩍거리는 어떤 남자가 있었다. 모두 헤어지는 게 슬픈가보다. 헤어지는 게 슬프고 싫어서 많이 울었던 몇 번의 이별들이 생각난다.

외국 친구들의 이름을 생각한다. 제이미. 크리스티나. 차나. 쎄냐. 벤자민. 정말 많은 일본 친구들이 생겼다. 이번엔 시게루와 많이 친해졌다. 시로타, 신마군도 유쾌한 친구들이었다. 기무라 상이 좋은 친구들을 소개해줬고, 덕분에 사진작가 코토리도 알게 되었다. 엔짱은 감기가 심했고, 모두들 비상의 이야기를 여기저기서 했다. 내가 오기 직전에 부친상을 치른 후쿠다 아저씨와 만났을 때는 기분이 좋았다. 같이 전철을 타고 집으로 돌아갔다. 유쾌했다. 로지의 루미상은 나에게 친절하게 대해주었고, 고마웠다. 시라카메 소바집에서 마치와 아야, 그리고 그 둘의 남편 두 분을 위해 아주 오랜만에 노래를 불러보았다. 포포타무 갤러리에 갔고 거기서 미시시피라는 화가를 만났고 금방 친해졌다. 일러스트를 그리는 사키상과 나기 식당에 가서 밥을 먹었고 같이 공연을 봤다.

여러 가지 이벤트와 프로듀싱으로 정신없는 타츠에게 〈신곡의 방〉이라는 공연의 라이센스를 받아두었다.

어떤 날은 인생에서 가장 좋은 날처럼 느껴지기도 했다. 아주 따뜻한 날이 하루나 이틀쯤 있었는데, 그날엔 나와 유키는 폴짝폴짝 뛰며 슈퍼에 다녀왔다. 그리고 돌아오기 전날 비가 왔던 신주쿠의 밤길도 아주 좋았다.

유키가 목욕하러 들어갔다가 옷을 반쯤 벗고
갑자기 나와 하와이의 '호오 포노포노'에 대해 이야기했다.

'호오 포노포노'는
   고마워, 미안해, 용서해줘, 사랑해를
한번에 말하는 말인데, 이걸 말하는 것만으로도
기분이 나아질 거라고 했다.
좋은 이야기였지만, 뻐꾸기시계 속 뻐꾸기처럼
목욕탕에서 튀어나와 이런 얘길 하는 유키가 너무 웃겼다.

멋진 사람이 걸어간다

IRA 10주년 축하 노래를 만들었다. 아주 친한 친구이기 때문에 어떤 노래를 선물할까 즐거운 고민에 빠졌었다. 그러다 방바닥에 누워 뒹굴거리며 가볍게 부르기 시작한 노래가 그대로 완성되었고 처음 생각보다 훨씬 노래다운 노래가 되었다. 노래를 만들고 나서 지금까지 대략 오십 번 정도 들었다. 아마 곧 백 번은 듣게 될 것이다. 언제나 그렇듯이.

노래를 만들고 나면 백 번에서 이백 번 정도 반복해 듣는다. 만든 지 얼마 지나지 않아서는 디테일한 부분들이 잘 들린다. 이 부분에서 왜 음을 올렸는지, 숨은 언제 쉬는지, 피아노가 어디에서 좀 틀렸는지 그리고 고치고 싶은 부분들도 일단 뿌듯하고 만족스러운 기분으로 많이 듣는다. 해냈다는 기분도 들고 곡을 만들 당시의 뇌의 활동이나 기분, 감정을 되살리면서 들을 수 있다.

1집에 실린 노래들도 그랬다. 한 곡당 적어도 이백 번은 들었던 것 같다. 그리고 1집을 낸 뒤로는 부르기만 불렀지 다시 듣지는 않았다. 그래서 어떤 땐 까먹을 때도 있었다. 어떤 진행이었는지. 벌써 2년 전 얘기고 지금에 와서 가끔 다시 듣게 될 때면 들을 때마다 어색하다. 대체 어떻게 만들어진 노래인지…… 무슨 생각으로 만든 건지…… 왜 저런 가사를 부르고 있는지. 심지어 목소리도 해가 바뀌며 조금씩 변해서 내가 부르는데도 남같이 느껴진다.

집에 자주 있고 천천히 생각할 시간이 많을 때면 때때로 예전에 만들었던 영상을 다시 보거나 음악을 다시 듣는다. 그럴 때마다 항상 같은 생각이 든다.
'도대체 이걸 어떻게 만든 거지?'
영화도 그렇고 노래도 그렇고 내가 쓴 대사에 가사에 내가 만든 얘기들인데 남의 걸 보고 듣는 것 같다.
'뭐 저런 말을 하지? 뭐 저런 걸 부르지?'
어떤 때에는 내 작업물을 보여주면서 이런 혼잣말을 하면 옆에 있던 사람은 황당해하며 '자기가 만든 거잖아요'라며 큭큭 웃는다.

왜 만드나.

만들고 나면 느껴지는 기분이 너무 좋다. 이건 정확한 단어

71

로 표현하기 좀 그런데, 아마 '뿌듯하다'라는 말과 가장 가까울지도 모르겠다. 헌데 그 기분은 오래가지는 않는다. 노래를 백 번 이백 번 정도 들으며 서서히 사라지는 기분이다. 그러고 나면 다시 원래 아무것도 안 만들어본 상태로 돌아간다. 평소에 내가 느끼는 나의 상태. '왜 나는 아무것도 안 하고 인생을 흘려보내고 있지?' 하며 스스로를 바보같이 여기는 상태. 만드는 과정에서도 힘든 부분이 많았을 텐데 그건 잘 기억이 안 난다. 술술 만들었던 것 같다는 생각만 들고. '이건 도대체 누가 어떻게 만든 거지?' 하면서 보거나 들으며 다시금 재미있어 한다. 어떤 때는 깔깔 웃기도 하고, 울기도 한다. 정말 우스운 광경이다.

이건 어쩌면 예전에 사귀었던 사람을 떠올리는 것과 비슷한 감정이려나? 내가 걔를 왜 만났는지, 어떤 부분에 반했었는지 잘 기억도 안 나지만 어떤 때는 되게 좋았었고, 같이 재미있었고, 함께 있어서 힘들었던 것보다 주로 좋았던 기억이 많이 떠오르곤 하니까.

어떤 노래는 완성되기까지 1년, 2년이 걸리기도 한다. 처음 흥얼거린 멜로디와 완성된 곡이 아주 다르기도 하고. 중간에 포기하고 '아 더이상은 안 되겠다' 하고 휴지통에 넣기도 한다. 그랬다가 몇 개월 지나고 나서 다시 꺼내어보고 '아 좋은 노래였네' 하면서 다시 작업을 시작하기도 하고. 잠에서 깨자마자 불러재껴 5분, 10분 만에 완성되는 곡도 있다. 하지만 빨리 나온 곡이나 오래 걸려 만든 곡이나 나중에 다시 들었을 때 이질적인 느낌이 드는 것은 똑같다. 혹시 조금 다른가 하고 생각해봤는데, 아닌 것 같다. 만드는 것은 정말 신기한 일이다. 아마 죽을 때까지 신기할 것 같고 그래서 멈추지 않을 것 같다. 만드는 것을.

엊그제 만든 노래 덕에 갑자기 멋진 사람이 된 것 같은 기분이었다. 그래서 맨얼굴에 머리도 대충 묶고 일로 사람을 만나러 가는 길에도 발걸음이 당당했다. 내가 만든 노래를 반복 재생해 들으며 (아직 백 번 안 채웠으니까) 당당하게 걸으며 '여기 멋진 사람이 걸어가고 있다'고 생각했다. 곧 없어질 기분이고 이 노래에도 곧 감흥이 없어져 남의 노래 같아질 때까지 이 기분에 만족하기로 했다.

이십구 세의 이십구만 원

5월엔 소득공제를 받으러 세무서에 가는 날이 있다. 나는 프리랜서이기 때문에 소득이 여기저기서 복잡스럽게 들어온다. 친구들은 홈택스라는 걸로 집에서 혼자들 정리하던데 나는 도저히 혼자서 나의 소득을 다 찾아낼 수가 없었다. 그래서 올해도 세무서에 찾아가 공무원에게 부탁하는 코스를 택했다. 평소에 공무원이 일하는 곳에 갈 일이 거의 없기도 해서 세무서에 가는 일은 꽤 재미있는 일이다. 1년에 한 번. 나는 1년 치 사건과 소득을 가지고 다시 찾아가고 공무원은 언제나 그곳에.

세무서에 도착해 접수대에다 나의 홈택스 아이디와 비밀번호를 알려준다. 번호표를 받고 대기 의자에 앉아 기다린다. 전광판에 내 번호가 뜨면 빈자리를 찾는다. 수십 대의 컴퓨터와 그 앞에 붙박이로 앉아 계시는 담당 공무원분들, 그중의 빈 옆자리 하나. 거기가 내가 앉을 곳이다. 나의 담당 공무원은 검은 테 안경을 쓴 꽤 젊은 남자분이다. 그분은 나의 홈택스 아이디로 로그인한 다음 잽싼 타자로 여기저기 흩어져 있는 나의 소득을 한군데로 모으기 시작한다. 대단한 분이다. 나는 그분의 작업을 구경하면서 궁금한 것도 물었다.

"분명히 돈 받을 땐 3.3퍼센트를 떼고 받았는데 여기 안 잡히는 건 어떻게 해야 하나요?"

"그쪽 사업자등록번호 아세요?"

"아니오."

"그럼 찾을 수 없어요. 그 회사에서 신고를 안 한 거라서."

"왜 신고를 안 했을까요?"

"나쁜 회사니까요."

"아……."

그분이 나의 소득을 다 모은 뒤 계산기에 복잡한 숫자들을 입력하기 시작하면 나는 조용히 입을 다문다. 그분을 방해해서 좋을 게 없다. 내 돈 몇천 원이라도 누락되는 것을 막아야 한다. 복잡한 계산이 끝나면 입력 단계로 넘어간다. 이제 그분이 나에게 작년에도 했던 똑같은 질문 몇 가지를 한다.

"기부한 것 없으시죠?"

"부양가족 없으시죠?"

"결혼은 안 하셨죠?"

모두 '네'라고 대답한다. '결혼하셨어요?'가 아니라 '결혼은 안 하셨죠?'라고 질문을 받아서 좀 기쁘다. 그래. 아직 결혼은 안 해도 되는 충분한 아가씨 미모로 보이는 것이구나.

산부인과에서 받는 질문들은 왠지 기분이 나쁘다. 스무 살 되기 전에 산부인과에 가면 질문은커녕 의사가 이렇게 말했다. '잠자리 경험은 없을 것이고.' 그럼 나는 재빨리 '아닌데요'라고 대답했다. 경험이 있는지 없는지로 검사하는 것이 달라질 수 있을 텐데 좀 조심스럽게 물어봐주면 안 되나?

최근엔 자궁 경부암 검사를 받으러 산부인과에 갔다. 나이가 지긋한 할머니 의사선생님이셨다. 그분이 기계로 나의 자궁을 막 쑤시면서 이것저것 물어보셨다. 엄청 아팠다.

"부모님이랑 같이 살아?"

"아니오."

"그럼 누구랑 살아?"

"친구들이랑요."

"어떤 친구들? 남자들?"

"그냥 친구들이요."

"그렇게 막살면 안 돼, 니들끼리 살면서 밥도 못 해 먹고 그렇지?"

"아니오, 오늘도 밥해 먹고 나왔어요."

"뭐 해서 먹는데?"

"……"

"직업이 뭐야? 여기 털도 없고."

"……."

산부인과에서는 한 번도 산뜻한 기분으로 진료실을 나온 적이 없다.

오늘 나는 늦게 일어났다. 자정부터 러닝타임이 세 시간 되는 영화를 보기 시작했는데 그걸 다 보고 자서 그런지 엄청 늦게 일어났다. 회사에 다니는 친구들은 아침 여섯시 일곱시에 일어나는데 나는 알람을 오전 열한시에 한 번, 한 시간 반 뒤인 열두시 반에 한 번 울리게 설정해놓는다. 매번 열한시 알람은 무시하고 열두시 반 알람이 울리기 전에 일어나곤 한다. 오늘은 두시에 일어났고, 양배추와 어제 싹이 돋았길래 미리 씻어서 잘라놓은 당근을 씹어먹으며 세무서에 갈 준비를 했다. 느릿느릿. 중간에 고양이 화장실도 치웠다. 밖에 나오니 오후 세시 반. 지하철을 타고 마포세무서에 찾아갔다.

오늘의 마포세무서는 아주 조용했다. 벽돌로 지어진 외관은 용산세무서와 비슷했다. 안으로 들어가면 서늘한 회색 복도. 따뜻한 느낌은 없지만 해가 쨍쨍 비추는 날의 벽돌 건물은 왠지 평화로워 보이기도 한다. 그렇게 언제나 비슷비슷한 국가 건물의 지하에서 뿔테 안경을 쓴 공무원의 도움으로 소득공제를 받아 환급금을 계산했더니 이십구만 원이 나왔다. 그 돈은 왠지 하늘에서 떨어진 것 같아서 기분이 좋다. 아주 괜찮은 일정이었다. 이십구 세의 이십구만 원.

얼마예요?

부자가 되고 싶다. 국민연금이 나오기 시작해도, 건강보험료를 내야 해도, 월세를 내는 날이 다가와도 마음 졸이지 않는 부자가 되고 싶다. 하기 싫은 일은 안 해도 되는 부자가 되고 싶다. 하지만 나는 부자가 될 리 없다는 것을 잘 알고 있다. 태어난 집안이 부자가 아닌 것도 그렇지만, 내가 선택한 직업으로는 부자가 될 리 만무하기 때문이다. 사실 평소에 '부자가 되고 싶다'는 생각을 많이 하면서 살지는 않았다. 하지만 요즘 그런 생각을 하게 되는 날이 자꾸 생긴다. 서른 살이 되었고, 처음으로 국민연금과 건강보험료가 내 앞으로 날아들었다. 액수가 생각보다 많아서 당황스러웠다. 공단에 전화를 걸어보았더니 나의 2년 전 소득을 기준으로 그만큼 내게 되는 것이라는 설명이었다. 2년 전 소득의 출처를 알아보니, 계약직으로 짧게 일했던 학교 등과 여러 잡지사에서 받았던 일회성 원고료 등이었다. 공단측에 내가 프리랜서이고 이제는 2년 전 지급처에서 전혀 소득이 없다는 것을 설명해도 믿어주질 않았고 '해촉증명서'를 받아와야만 한다고 말했다. 그

'해촉증명서'를 받으려면 2년 전에 일했던 곳에 일일이 연락을 해야 했는데 그것보다 어디 4대보험이 되는 곳에 취직하면 어떨까 하는 생각이 들었다.

과 동기 언니들에게 추천을 받아 신진작가를 발굴, 지원해주는 9개월짜리 사업 프로젝트에 서류를 접수했고, 1차 전형에 통과해 2차로 면접을 보러 갔다. 면접관이 '왜 작품활동을 못하고 있냐'고 물어서 '돈이 없다'는 얘기를 꺼냈는데 면접관은 '왜 돈이 없냐'고 다시 물어보았다. 나는 그 질문이 참 이상하다고 생각했다. '왜 돈이 없나.' 그것에 대해서 정확한 대답을 할 수 있는 사람들이 얼마나 있을까?

내가 돈을 벌지 않기 때문에 돈이 없는 것이 아니다. 열일곱에 처음 일을 시작했을 때부터 지금까지 돈을 벌지 않은 적이 없다. 노래를 만들기 시작한 것이 돈을 벌기 위해서는 아니었지만 공연을 시작했던 것은 돈을 벌기 위해서였다. 어릴 때부터 그림을 그렸고 돈을 내고 그림을 배웠고 지금은 돈을 받고 그림을 그린다. 언제부턴가 청탁을 받으면 자동적으로 '얼마예요?' 하고 물었다. 글 한 페이지, 그림 한 장이 얼마냐고 묻는 게 당연해지기까지 나는 꽤 많이 버벅댔던 것 같다. 하지만 어렵게 입을 떼고 챙겨 받은 돈이 월세로, 작업실비로, 학자금 대출이자로, 공과금으로, 핸드폰비로 쑥쑥 빠져 나간 뒤부터는 그 말이 점점 더 잘 나오게 되었다. 빠져나가 는 돈은 나에게 '얼마 가져가겠습니다' 하고 말하지 않는다. 그렇게 빠져나갈 돈을 미리 마련해두려고 열심히 돈을 벌어 야만 했다. 하지만 버는 돈이 빠져나가는 돈을 따라잡지 못 하고 언제나 헉헉댄다. '왜 돈이 없냐'고 물었던 면접관에게 그렇게 대답했어야 했다.

서울에 사는 사람이
들어야 하는 노래

얼마 전 제주도에 공연을 하러 갔었다. 공연을 하는 하루 저녁을 빼고 이틀간 자유로이 시간을 보냈다. 대부분의 시간에 아무것도 하지 않았다. 게스트하우스 주변을 걸으며 제주도에 가기 전에 녹음했던 곡들을 다시 들어보았다. 이상하게 좋지가 않았다. 서울에서 들었을 땐 굉장히 좋다고 생각했는데 제주도에서 다시 들으니 영 이상했다. 어쩌면 내 노래는 서울에서 사는 사람들이 들어야 좋은 노래가 아닐까 하는 생각이 들었다. 그렇게 사는 사람이 만들었으니까 역시 삶이 빡빡하고 일과 인생에 치여 사는 서울 사람이 들어야 좋은 노래가 된 게 아닐까. 나무와 바다가 눈에 들어오는 이 제주도 게스트하우스 마당에서 들어서는 안 되는 노래를 만든 게 아닐까.

제주도에서의 삼박 사일은 꽤 지루했지만 풍경은 아주 좋았다. 서울에서의 집과 작업실만 오가는 생활에 큰 불만은 없지만서도 풍경이 조금만 제주도 같았으면 좋겠다는 생각을 했다. 바다까지는 안 보이더라도 풀과 나무가 조금 더 많았으면. 집에서 나와 맥도날드와 롯데리아를 지나, 던킨도너츠와 배스킨라빈스를 지나 양념갈빗집과 시장을 지나 세븐일레븐을 지나 현대자동차 공업소 위층의 작업실로 향하는 매일매일의 풍경이 지겹다. 작업실 앞 마을버스 정류장에 5~6분에 한 번씩 버스가 정차하는 소리가 들리고, 시장 근처에서는 아주머니들이 싸우는 소리가 들려온다. 꽤 번잡스러운 곳이다. 도로에는 은행나무가 간간이 서 있지만 항상 있는 줄도 모르고 지나친다.

지방이나 외국에 갈 때마다, 내가 이곳에서 살게 되면 어떤 노래를 만들게 될까 하는 생각을 항상 한다. 지루하지만 풍경이 아름다운 곳. 말이 전혀 통하지 않지만 마음은 편안한 곳. 특히 도시가 아닌 곳에서 그런 생각을 많이 하게 되는 것 같다. 그런 곳에서 살게 되면, 나는 개와 닭과 나무와 공기에 대해서 노래하게 될까? 내가 생각하는 안 좋은 예술작품은 듣거나 보고 나서 '어쩌라고'란 생각이 드는 것인데, 내가 개와 닭과 나무와 공기에 대해서 노래를 만들면 서울 사람들은 '어쩌라고'란 생각을 할까?

사람들이 어떻게 생각하는지 신경쓰지 말자고 생각을 하면서도 매번 신경쓰지 않을 수가 없다. 정기적으로 인터넷에 내 이름을 검색해보며 누군가는 내가 만드는 것을 여전히 보고 듣고 있는지 찾아본다. 어쩌면 나는 잊혀지지 않기 위해서 여전히 도시에 살고 있는 것일지도 모른다. 불행을 노래하고 그 노래를 나처럼 불행한 사람들에게 들려주기 위해서 말이다. 세상에는 아마 행복한 사람들보다 불행한 사람들이 훨씬 더 많을 것이기 때문에. 그 다수를 위해서.

설사와 마귀

공식적으로 공연을 쉬고 있다. 2집 준비를 위해서라고 핑계를 대고 있는데, 2집이 빨리 만들어지지 않아서 공연을 쉰지 너무 오래된 것 같기도 하다. 가끔 거절할 수 없는 부탁으로 공연을 할 때도 있긴 있지만……. 어쨌든 오늘도 늦은 오후까지 누워 뒹굴거리고 있는데 '설사'라는 메탈밴드를 하는 친구 이요잉에게 연락이 왔다. 11월에 '설사 디너쇼'라는 공연을 기획하고 있는데 공연을 해줄 수 있냐는 이야기였다. 불행히도 녹음 일정과 겹쳐서 할 수 없었지만 혼자라도 꼭 가고 싶었다. 메탈 하는 친구들을 만나면 너무 유쾌해지기 때문이다.

'밤섬해적단'이라는 메탈밴드의 베이시스트이자 보컬 장성건은 내 고양이 준이치의 대부이다. 빡빡 민 머리에 메탈패치가 잔뜩 붙은 조끼와 밀리터리팬츠를 입고 다니는 키 작은 깡패 같은 외모의 소유자이다. 하지만 귀여운 걸 너무 좋아해 고양이를 보면 정신을 못 차리는 친구라 예전에 이사를 준비하며 준이치를 한 달 정도 맡겼던 적이 있다. 성건이는 준이치를 맡아 기르는 게 너무 기뻐서 나가서 놀지도 않고 밴드 연습도 빨리빨리 마치고 집으로 곧장 돌아와 준이치를 봐주곤 했다.

그 성건이와 얼마 전 양꼬칫집에서 만나 중국식 탕수육에 맥주 한잔씩 하고 있었는데, 성건이가 자기 메탈 친구들이 이쪽으로 온다는데 함께해도 괜찮냐고 물었다. 뭐 한두 명 오나보다 하고 있었는데 얼마 뒤 시꺼먼 남자애들 일곱 명이 우르르 가게로 들어왔다. 그들은 메탈티에 메탈패치가 덕지덕지 붙은 검은 조끼를 입고, 자리에 앉자마자 큰 목소리로 소주를 마구 시켰다. 갑자기 엄청 시끄럽고 활기찬 술자리가 되었다. 그들이 하고 있는 밴드의 이름은 '공구리' '설사' '흑염소' 등이었는데, 나는 그들의 대화 속에 그 단어들이 아무렇지 않게 들어가는 게 너무 웃겼다.

"설사에서는 누가 드럼 쳐?"

"예전에 마귀에서 드럼 쳤던 재용씨."

"아, 마귀 진짜 멋있었지."

이 대화를 듣고 옆에서 너무 큰 소리로 웃었더니, 그날 처음 본 밴드 '설사'의 이요잉이 왜 웃냐고 물었다. 나는 밴드 이름이 '설사' '마귀'가 뭐냐고 너무 웃기다고 했는데 다들 내가 왜 웃는지 모르겠다며 '진짜 멋있는 이름인데……' '나는 그 이름 듣고 감동했는데' 하며 진지하게 말했다. 밴드 '설사'도 원래는 '구강설사'라 지을까 마지막까지 고민했다면서 설사 밴드의 로고도 보여줬다. (그것은 묽은 똥이 줄줄 흐르는 모양이었다.) 그들은 껄껄거리는 말투까지 다들 비슷했는데, 내가 말투가 왜 다 똑같냐고 물었더니 갑자기 목소리를 바꿔 '이렇게 평범하게 말할 수도 있는데 일부러 메탈 말투로 이야기하고 있는 거'라고 했다. 다 같이 메탈 말투로 말하고 큰 소리로 웃다보니 너무 유쾌했다. 어릴 때 놀이터에서 누가 누가 제일 높은 데서 뛰어내리나 내기하며 낄낄거리던 느낌이었다. 다들 남의 말에 크게 웃어주고 무슨 말이든 멋있다고 치켜세워주고 소주도 양껏 마셨다. 내가 음악을 만들 때나 합주를 할 때의 모습과는 정말 많이 달랐다. 모두들 너무 즐거워 보였다. 나는 밴드란 저런 모습으로 해야 하는 게 아닌가 생각했다. 신나게 뚜드리고 치고 소리지르고, 고기 먹고 술 먹고 신나게 웃고 떠들고. 삼십대에는 메탈을 좀더 가까이 해야겠다. 메탈 하는 친구들이라 그들은 내가 어떤 음악을 하는지 잘 몰랐다. 그래서 내가 이름을 말해줬더니 곧장 검색해보고 인터뷰를 막 찾아 읽었다. 그래놓고 '정말 멋있는 분'이라며 같이 사진도 찍고 싶다고 했다. 우리는 껄껄 웃으며 사진을 찍었고 그런 분위기에 나도 한껏 신이 났다. 정말 많이 많이 웃었다.

- 너 직업이 뭐야?

- 유명해?

- 그걸로 먹고살아?

- 그럼 아니라는 말이네.
  그냥 아니라고 대답하지 그래.

- 어디서 공연 해봤어?

- 시내 어디?

- 그래? 근데 왜 내가 모르지?

- 마지막으로 공연한 게 언제야?

- 내가 뭐 하나 말해줄까?

- 너는 앞으로 공연 못할 거야.

- 뮤지션 ···?

- 아니.

- ··· 반 정도는?

- ··· 그냥. 아니다.

- 이 주변에서, 시내에서.

- 시내 ··· 에 있는 카페?

- ···

- ··· 닥쳐.

- 아니.

- 시발 ···.

노래를 요리하기

목인씨와는 전부터 함께 공연을 할 기회가 많았다. 기타를 기반에 두고 이야기하는 것 같은 가사로 노래하는 게 비슷하다는 것 때문일까. 주변에 많은 여성들이 전부터 김목인 김목인 울부짖으며 좋아했을 때는 막상 별생각이 없었는데, 같이 공연을 한 게 세 번, 네 번 정도 되었을까. 내 차례를 기다리며 멍하게 그의 노래를 듣는데 갑자기 가사들이 귀로 마구 쳐들어왔다. 잔잔한 멜로디와 부드러운 목소리 때문에 묻혀 있었던 그의 칼날 같은 가사들. 그리고 곧바로 동료이자 팬이 되기로 결심했다. 나는 목인씨의 2집 〔한 다발의 시선〕의 두 곡에 참여해 함께 노래했는데 〈불편한 식탁〉과 〈대답 없는 사회〉라는 곡이다. '우리가 같이 식사를 했다고 해서 내가 당신 사람이라고 생각하진 말아요 내가 당신과 직업이 같다고 해서 무슨 말인지 알잖아라고 말하지 마요' '대답을 못 들은 사람들이 길 위에 나와 있네 추운 날씨에도 대답을 들으러 대답을 못 들은 사람들이 길 위에 나와 있네 험한 날씨에도 질문을 던지러'. 두 곡 다 매우 좋아한다. 역시 칼날 같은 가사가 빛나는 곡들이다.

얼마 전 대학로의 학전블루 소극장에서 김목인씨와 함께 〈작은 가게와 음악가〉라는 공연을 마쳤다. 우리는 보통 라이브가 가능한 클럽이나 카페에서 공연을 하기 때문에 소극장에서 공연을 하는 것은 뜻밖의 일이었다. 목인씨는 연극무대에 맞게 보통의 라이브와는 조금 다른 방식의 공연을 준비했고, 그날 공연에 출연하는 모든 연주 세션과 코러스들에게 대본을 써서 나눠주었다. 대본에는 곡 중간중간에 필요한 연기와 내레이션이 쓰여 있었고 전체적으로는 뮤지컬과 비슷할 것 같았는데 그 점이 아주 불안했다. 왜냐면 연기를 해야 하는 연주 세션과 코러스와 목인씨와 나 우리 모두는 연기를 모르는 평범한 음악가들이기 때문이었다.

어쨌든, 이 공연은 목인씨의 꿈속을 배경으로 시작한다. 그 꿈속에서 목인씨는 개업을 하루 앞둔 카페의 주인이고 연주 세션과 코러스들은 카페에 찾아온 손님이거나 카페의 아르바이트생으로 설정되어 있었다. 나는 극 중반에 찾아오는 '의문의 여인'으로 개업도 하지 않은 카페에 찾아온 주제에 이 메뉴 저 메뉴를 내놓으라 당당히 요구하는 조금 이상한 역이었다. 목인씨는 카페 개업 하루 전에 찾아온 성급한 손님들에게 준비한 메뉴를 선보이는데, 이 메뉴라는 건 바로 목인씨의 곡들이고 그가 노래를 한 곡 부르는 것으로 손님은 메뉴 하나를 맛보게 된다는 설정이었다. 그렇게 메뉴를 맛본 손님들은 이건 괜찮네 그건 제목이 별로네 하며 칭찬도 하고 참견도 하는데 목인씨는 그들의 반응을 살피며, 그 메뉴가 잘될지 아닐지 앞으로의 일을 생각한다.

새로운 곡을 만드는 것은 새로운 요리를 만드는 것만큼 막막하고 설레고 두려운 일이다. 하지만 아직 아무것도 없는 허공에 혹은 텅 빈 냄비에 이 음 하나, 이 재료 하나, 저 멜로디와 그 소스와 치즈와 리듬을 넣고 섞어보는 게 바로 만드는 사람의 일이다. 그렇게 만든 하나의 곡, 하나의 요리를 누군가에게 선보이고 떨리는 마음으로 그들의 입에서 나올 어떤 말들을 기대하는 건, 음악가나 요리사나 혹은 새로운 카페를 여는 주인이나 모두 같을 것이다.

나 또한 새로운 곡을 만들면 제일 먼저 가까운 친구들 몇몇에게 보내는데, 메일로 곡을 보내놓고 답장이 올 때까지 두근두근 새로고침을 누르며 다른 일은 아무것도 하지 못하고 기다린다. 그러다 좋은 반응이 오면 안심하고 기뻐하고, 어디가 좀 어떻다는 걱정과 충고를 받으면 시무룩해지고. 그들이 좋아하지 않으면 나쁜 곡, 그들이 좋아해주면 좋은 곡이 되는 양 그들의 반응이 세상 전부인 것처럼 느껴진다.

목인씨와 함께 〈작은 가게와 음악가〉 공연을 하며 새로운 것을 만들어 세상에 내놓는 그 떨리는 마음을 보여줄 수 있어서 기뻤다. 막상 공연을 할 땐 떨리는 것과 틀리지 않는 것에 신경쓰느라 내용을 깊이 생각해보지 않았었는데, 공연을 보러 왔던 사람이 '창작하는 사람에게 너무나 위로가 되는 공연'이었다고 해서 다시 찬찬히 공연을 곱씹어보았다. 한 번으로 끝내기에 너무 아쉬운, 정말 좋은 공연이었다.

싫어하는 사람이 보고 싶다

만나면 편한 사람보다 전부터 느낌이 안 좋아 싫어하는 사람
을 자꾸 보고 싶다. 그들을 만나면 웃음이 난다. 그들은 나
의 사고에서 벗어나는 행동을 하는 사람들이다. 그들의 말과
행동은 종잡을 수 없고 그래서 재미있다. 이다음엔 무슨 이
상한 소리를 할지, 또 어떤 행동으로 나에게 충격을 줄지 흥
미진진하다. 그래서 일부러 싫어하는 자리에 나갈 때가 종종
있다. 거기에 가면 싫은 사람들과 싫은 대화투성이라서 아
주 재미가 있다. 대체 저들은 어떤 사고 회로를 거쳐 저런 대
화를 하는 건지! 나와 내 친구들과 하는 대화와는 정말 어디
부터 어디까지 다른지 감도 안 오는 대화들. 어떤 때 나는 그
들과 정말 즐겁게 대화를 나눈다. 그럴 땐 내가 끝내주는 연
기자가 된 것처럼 느껴지기도 한다. 하지만 싫어하는 걸 재미
있어 하는 데 에너지가 꽤 소모되기 때문에, 오래 머물지 못
하고 어서 집으로 돌아가야만 한다. 통계적으로 한 시간에서
두 시간이 한계치인 것 같다.

집에 돌아와 쓰고 있는 대본 파일을 열고, 주인공의 적대자로 등장하는 역에게 그 말들을 붙여준다. 싫어하는 사람이 했던 싫은 말들. 나를 대변하는 주인공이 절대 이해할 수 없는 말들. 그래서 둘이 싸우게 되고, 서로 미워하게 되는 말들. 그래서 나의 이야기는 더욱 재미있어지고, 나의 캐릭터들은 생동감 있게 된다.

아, 오늘의 싫은 모임도 성공적이었다. 이제, 가장 좋아하는 친구에게 전화를 걸어야겠다.

웃다 슬프다 잠든다

나는 뭔가 써야 한다. 매일 써야 한다. 이 생각을 매일 한다. 그러고는 아무것도 쓰지 않는다. 쓰지 않는 핑계를 댄다.

첫째, 책상이 마음에 들지 않는다. 지금 쓰고 있는 플라스틱 책상은 대학교 축제 때 버려져 있는 걸 몰래 주워 와서 쓰고 있는 거라 정이 안 간다. 그래서 40만 원이라는 거대 예산을 잡고 가구 만드는 친구에게 나무책상을 주문하기로 한다. 그리고 한 달 뒤, 완성된 나무책상이 도착해 내 방 창가 밑에 자리를 잡는다. 헌데 새로운 문제가 있다. 이 책상이 지나치게 멋져서 컴퓨터를 올려놓아도 안 어울리고 원래 쓰던 물건들이랑도 전혀 어울리지가 않는다는 것이다. 자주 쓰는 집기들과는 어울리지 않아 귀여운 인형이나 예쁜 향초 같은 걸 올려놓아보았다. 그렇게 새 책상은 점점 장식장화되어가고 나는 결국 플라스틱책상에서 작업을 해야 한다.

둘째, 작업실이 없다. 나는 대학 다닐 때 학교 작업실에서 살

왔다. 그때는 집이 없어서 거기서 살 수밖에 없었다. 작업실에서 살 때는 매일 '집이 있으면 좋겠다'고 생각했다. 집이 있으면 뭐든 잘될 것 같고, 안정될 것 같았다. 그리고 지금은 집이 있고 작업실이 없다. 그러자 작업실의 필요성을 절실히 느낀다. 생활공간과 작업공간이 분리되어야 뭔가 잘 써질 것만 같다. 하지만 지금 형편에 작업실을 구하는 건 무리다. 현실적으로 타협해 좋아하는 카페에 가서 매일 글을 쓰기로 한다. 자, 이제 카페에 왔으니 주문을 해야 한다. 무엇을 주문하느냐에 따라 암묵적으로 몇 시간 동안 있어도 되는지 정해지는 것 같다. 5천 원짜리 차 한 잔으로는 최대 세 시간인 것 같고, 케이크까지 같이 시키면 네 시간이려나? 처음 한두어 시간 지날 때까진 주인장이 빈 물잔도 채워주기도 하지만 두 시간이 넘어서부터는 물도 안 따라준다. 슬슬 나가라는 느낌이다. 이래서야 어디 마음 불편해서 글을 쓰겠나. 글쓰기 전까지 웜업 하는 데도 한두 시간이 훌쩍 지나는데.

매일매일 노트북을 가방에 넣고 집을 나선다. 헌데 그렇게 들고 나가서는 꺼내지도 못하고 그대로 돌아오는 날이 태반이다. 집을 나와 좀 걷다가 어디 좀 구경하다 카페에 앉으면 금세 밥 시간이고 밥 먹고 운동 갔다 오면 왜 밤 열한시? 그럼 땡이다. 매일 집을 나서며 오늘은 과연 노트북을 꺼낼 수 있을까 생각한다. 결국 아무것도 쓰지 않고 돌아오는 날엔 하루에 한 글자도 안 쓰고 왜 이리 피곤한지 스스로 의문투성이다. 어쨌든 지쳐 돌아왔으니 몸과 마음을 달래려고 좋아하는 드라마를 보기 시작한다. 내일은 꼭 뭔가 써야지, 꼭 써야지. 글은 매일 써야지 생각하면서.

개인이 사회를 바꿉니다.
시청자만 되지 말고,
쨔잘방을 만듭시다.
쨔잘방만 만들지 말고,
대사를 써봅시다.
대본을 써봅시다.
나 말고 다른 사람이 하는 일이
아닙니다.
내가 할 수 있는 일.
내가 하는 일입니다.
그럼, 빠이 —

— 영화 워크숍 마지막 강의에서

죄송했습니다

'나는 예술가다. 그래서 잘났다. 남보다 낫다'고 오랫동안 생각했다. 예술적이지 않은 사람들과는 친하게 지내지도 않았다. 그리고 그 생각은 어릴 적 이탤리언 레스토랑 주방에서 1년 동안 일한 것을 계기로 완전히 박살이 나버렸다. 그곳에서 일하게 된 건 순전히 '예술 좋아하는' 사장 때문이었다.

그곳은 특별히 기분 낼 때 종종 가던 좋아하던 가게였는데 어느 날 '스태프 모집' 공지가 붙어 있는 걸 보게 되었다. 바로 안쪽에 앉아 있던 사장에게 말을 걸어 여기서 일하고 싶다고 했고, 사장은 이력서를 써 오라고 했다. 나는 요식업계에서의 경험이 전—혀 없었지만 '예술가'로서 '예술적 경험'을 위해 그곳에서 일을 하고 싶었다. 그렇게 자만심으로 가득한 이력서를 써 갔다. 지금 생각하면 별 볼 일도 없는 이력서였을 것이다. 뭐 열일곱 살 때부터 잡지에 만화를 몇 년간 연재한 것, 각종 일러스트나 디자인 관련 일을 했던 것을 써갔지만 요식업과는 전혀 관계없는 일인데다 그 당시로서는 그저

휴학중인 영화학도에 불과했다. 헌데 마침, 예술과 영화에
관심이 많은 사장은 이미 요식업계에 잔뼈가 굵은 직원들이
가게에 충분하다고 생각했는지 나를 덥석 취직시켜주었다.
하지만 내가 첫 출근했을 때 주방의 분위기는 사뭇 달랐다.
뼈 굵은 요리사 언니들에게 나의 존재는 영 못 미더웠을 것이
다. 그들에겐 해야 할 일이 더 늘어난 격이었다. 하루에 네 명
씩 일하는 가게에서 요리사 네 명이 일하는 날과 요리사 세
명과 내가 일하는 날의 차이가 엄청난 것이었다. 내가 같이
일하는 날은 내가 못하는 일의 몫을 요리사 셋이 나눠서 해
야 했다. 나는 요리와 주방의 생태계에 대해 아는 것이 정말
한 개도 없었기 때문에 내가 뭘 하고 있는지 뭘 못하고 있는
지, (잘하는 것은 당연히 없었을 것이고) 알 수가 없었다. 다른 언
니들은 냉장고를 한 번 열었다 닫는 것으로 다음날의 준비를
위한 재료 발주를 척척 해냈고 요리를 해서 홀에 나가는 중
간중간에도 일주일 치의 준비를 이것저것 하고 있었다. 역시
나는 그들이 뭘 준비하고 있는지 알 수가 없었다. 나는 최대
한 불편을 주지 않기 위해 설거지도 빨리빨리 했지만 설거지
는 하루 일 양의 20분의 1 정도였을까. 일을 못 따라잡으니
주방의 분위기는 싸늘했다. 나는 그 와중에도 자존심을 세
우려고 안달했다. 나는 '예술가'니까 여기서 일하는 건 별거
아니다. 나는 요리사가 될 것도 아니고 요리에 대해 많이 알

필요도 없다. 이 생각에 불을 지피는 것도 사장이었다. 지금 생각해보면 사장이 나를 부추기지만 않았어도 더 빨리 일을 따라잡았을 거라고 생각된다. 사장은 나를 따로 불러 '너는 일을 잘 못해도 된다'며 격려 아닌 격려를 했다. 하지만 사장은 주방에 잘 들어오지도 않았고, 부엌의 생태계 안에서 나는 계속 못난이였다. 다른 요리사들과는 계속 사이가 좋지 못했고 나도 사장의 말만 믿고 대충 일하는 어리석은 행동을 계속해나갔다. 결국 나의 업무 태도를 참지 못한 요리사들과 다툼이 벌어졌고, 싸우고 화해하는 과정에서 그들과 인간적으로 대화할 일이 많아졌다. 물론 중간에 서로 말도 안 섞는 끔찍한 기간도 있었다.

한편, 그 와중에 그 싸늘한 날들을 견디며 그만두지 않았던 이유는 내가 주방에서 일한다는 것을 알게 된 주변 사람들의 반응 때문이었다. 모두들 혀를 차고 웃었고 '곧 그만두겠네' '내가 봤을 때 니가 일할 만한 데가 아니다'는 식이었다. 나는 그게 분해지기 시작했다. 나 또한 내 스스로를 '예술가'라 정했고, 내가 하는 일은 '예술적 영감을 얻기 위한' 것이라 생각했고, 그랬기 때문에 무의미하고 힘든 일은 곧 그만두어도 된다고 생각했다. 하지만 정작 주변 사람들에게 '넌 역시 곧 그만두겠다'는 얘기를 들었을 때 반감이 확 들었다. '내가 왜 못해? 내가 할 수 있다는 것을 보여주마!' 하며 오기로 계속 일을 나갔다.

지금 생각해보면 참 대단하다. 매일 하루에 열한 시간씩 일을 했다. 주 5일 반 근무였다. 하루는 통으로 쉬고, 하루는 반나절만 쉴 수 있었다. 그만두지 않을 것을 염두에 두고 일을 하면서 부엌에 머무는 시간이 점점 길어지기 시작했다. 초반엔 (지금 생각하면 너무 웃기고 오그라드는데) 설거지 좀 하다가 밖에 나와서 그림을 그리곤 했다. 미쳤다고 할 수 있다. 헌데 다른 요리사분들과 싸우고 화해하고 불편하다가 편해지면서 점점 그들 박자에 맞추는 게 생태적으로 옳은 일이라 생각되었고, 그렇게 점점 주방에 붙어 나오지 않게 되었다. 그제서 배우는 자세가 된 나에게 요리사 언니들이 이것저것 가르쳐주고 봐주기 시작했다. 일이 하나씩 보이며, 그동안 내가 얼마나 적은 양의 일을 하고 있었던가 뼈저리게 부끄러웠다. 8개월이 걸렸다. 부엌에서 한 사람 몫을 해내는 데. 미친듯이 오래 걸렸다. 정말 답답한 노릇이었을 거다. 나를 옆에서 봐준 요리사 언니들. 용현, 순연, 수정, 지은, 정말 죄송합니다…….

자연스럽게 사장과는 사이가 멀어졌다. 뻔질나게 밖에서 사장과 수다를 떨던 나는 주방 밖으로 거의 나오지 않게 되었고(할 일이 많아서 나올 수도 없었다), 주방의 생태계도 모르며 나의 자만을 부추긴 사장이 미웠다. 나는 더이상 '예술가'이기 때문에 특별하다는 생각을 하지 않았다. 그 생각은 음식물 쓰레기통에 넣고 버리기로 했다. 중요한 것은 부엌에서 한 사람의 요리사로서의 몫을 해내는 것뿐! 생각이 그렇게 바뀌니 그동안 '예술가'가 아니라서 친해질 필요도 없다고 생각했던 (난 정말 미쳤었나보다) 요리사들과의 관계가 제일 중요해졌고, 나보다 적어도 스무 배 일을 잘하는 그들에게 무한한 존경심을 느꼈다. 그들은 아침에 출근해 빵을 구웠고, 생연어를 분해했고, 다섯 가지의 파스타를 동시에 만들어내는 능력자들이었다. 나보다 이 세상에 도움이 되는 사람들이었다.

그곳에서 일한 지 딱 1년이 되었을 때, 사장이 직원을 하룻저녁에 모두 잘랐다. 이유는 간단했다. 점점 장사가 잘되기 시작한 가게를 '가족사업'으로 운영하기 위해. 그렇게 그곳에서 2~3년 일했던 직원들도 하루아침에 잘렸다. 나야 휴학생이었고 곧 학교에 다니기 위해 일을 그만둘 예정이었지만 요리사가 평생 직업인 언니들에겐 청천벽력 같은 일이었으리라. 어쨌든 하룻저녁에 모두 잘려서 충격을 받아 우리는 그 길로 기차를 타고 부산으로 여행을 갔다. 가서도 충격이 가시질 않아 멍하게 바다를 보다 왔다. 물론 언니들은 얼마 후 멋지게 다른 곳에 취직했고 몇몇은 가게를 냈다. 나는 그들이 일하는 곳에 찾아가 열심히 맛있는 걸 먹는다.

그로부터 8년이 지난 지금도 나는 여전히 예술가로 살고 있다.
그냥 예술가가 아니다.
이태리 요리를 할 줄 아는 예술가이다.

우리의 일은 춤이 된다

내가 이탤리언 레스토랑 주방에서 일할 때 처음으로 한 일은 요리가 준비되어 나오면 요리가 담긴 접시 위에 올리브오일을 멋스럽게 몇 방울 떨어뜨리고, 파슬리 가루를 솔솔 뿌리고 치즈를 좀 갈아서 올리는 '가니쉬'를 하는 것이었다. 그러고는 주로 설거지를 했다. 설거지통 앞을 벗어나는 데는 꽤 오랜 시간이 걸렸다. 그다음엔 좀더 어려운, 피자 만들기를 했고, 그다음엔 불판 앞에서 파스타를 만들었다. 나중엔 티라미수, 치즈 케이크 같은 것도 만들게 되었다. 하루에 열두 시간 그다지 넓지 않은 주방에 온종일 서서 일을 했다. 여름이고 겨울이고 주방은 너무 더웠고, 바닥엔 언제나 물이 많았다. 미끄러지지 않기 위해 고무로 된 신발을 신었고, 너무 오래 서 있으면 발에서 열이 펄펄 났기 때문에 고무신발 안에 얼음을 넣고 일할 때도 있었다. 오전에 출근해 요리 재료들을 준비하고 손님들이 들어오기 시작하면 오후 네시가 될 때까지 한숨도 쉴 수가 없었다. 네시쯤 되어 한숨 돌리며 늦은 점심식사를 하려고 하면 역시 늦은 점심이나 이른 저녁을 먹으려는 손님들이 들어왔다. 제대로 밥도 못 먹고 다시 일어나 음식을 만들기 시작하면 이내 저녁 손님들이 줄줄이 들어왔다. 결국 녹초가 되어 밤 열시 반쯤 되어 입맛도 먹을 기운도 없이 꾸역꾸역 밥을 먹고, 다시 가게 닫을 준비를 한 시간 정도 했다.

그러던 어느 날이었다. 오븐에 냉동된 빵을 넣고, 서랍형 냉장고에서 몸을 숙여 재료를 꺼내고, 다시 오븐에서 구워진 빵을 꺼내고, 빵 위에 재료를 올리고, 그걸 다시 오븐에 넣고 하다가 문득 이 동작들을 리드미컬하게 반복하고 있는 나 자신의 감각을 느꼈다. 춤을 추고 있는 것 같았다. 그렇게 느끼고 나니 설거지를 할 때도, 왼쪽 싱크볼에 쌓여 있는 그릇에 거품을 내어 오른쪽에 비어 있는 싱크볼로 옮겨 물로 헹굴 때, 나도 모르게 왼쪽 발에서 오른쪽 발로 무게중심을 옮겨가며 자연스럽게 움직임을 타는 것을 다시금 인식하게 되었다. 한 번 그렇게 인식이 되고 나니 그릇을 들고 좁은 테이블 사이사이를 빠르게 걷는 발의 움직임도, 휘핑크림을 만들기 위해 스패튤러를 휘젓는 팔의 움직임도 모두 춤 같다는 생각이 들었다. 그래서 하루는 카메라를 바닥에 놓고, 주방에서 계속 왔다갔다 일하는 나의 발을 하루종일 찍었다. 후에 그걸 빠르게 돌려보니 역시 춤의 리듬을 찾을 수 있었다.

그런 생각을 했던 건 오래전이고, 바쁘게 살다보니 한동안 잊고 지냈다. 그러다 2집 앨범 작업을 하면서 일을 하며 만나고 헤어지는 사람들에 대한 곡을 쓰게 됐고, 일을 하며 능숙해지고 멋있어지고 하지만 결국 멋있는 직업인이 되어 늙어 죽는 사람들에 대해 생각하다 갑자기 그 영상을 찍었던 게 떠올랐다. 일을 하면서 발견한 춤. 좁은 주방에서 열두 시간 췄던 춤. 문득 나의 춤뿐만 아니라 다른 사람들의 춤도 보고 싶었다. 그 이유로 최근 한두 달, 매주 카메라를 들고 주변 사람들이 일하는 곳을 찾아다니고 있다. 그들이 일하는 모습에서 춤을 찾아내기 위해.

슬프게 화가 난다

올해는 한 가지만 생각하고 있다. '즐겁게 살자.'

언제 어떻게 개죽음을 맞을지 모르는 일이다. 그래서 더더욱 오늘 하루 스트레스 받지 않고 즐거웠으면 좋겠다고 생각했다. 슬픈 것은 괜찮았다. 다만 스트레스는 받지 않았으면 했다. '즐겁게 살자'고 마음먹고 사는데도 즐겁지가 않았다. 그래서 뭘 하면 즐거울까 생각했다. 생각하고, 이야기하고, 친구를 만나서 묻고, 다시 생각한 결과, 내가 가장 즐거워하는 일은 '누군가를 좋아하는 것'이라는 것을 알았다. 항상 누군가를 금방 잘 좋아했다. 그렇게 연인도 친구도 많이 사귀었다. 마음에 드는 사람에게 무작정 다가가서 '안녕. 난 니가 좋아, 우리 친하게 지내자'라고 말했다. 이 말을 했을 때 통하는 사람과 통하지 않는 사람이 있는데, 나이를 먹을수록 통하지 않는 사람들을 더 많이 만나게 되는 것 같다. 예전엔, 좀더 쉽게 모두와 친해졌던 것 같은데.

어제는 친구의 전시회 오프닝에서 노래를 불렀다. 화가 이두원의 수묵화전 〈수묵유정만리도〉에서였다. 10년 전, 내가 보증금 120만 원에 월세 15만 원짜리 석관동 옥탑방에 살 때 두원이는 보증금 100만 원에 월세 10만 원짜리 옆 옥탑방에 살고 있었다. 옥탑방끼리의 유대감으로 우리는 금방 동네 친구가 되었다. 나는 그 당시 두원이네 집 월세가 우리집보다 5만 원 쌌던 게 얼마나 부러웠었는지 모른다. 두원이의 옥탑방에 처음 놀러갔을 때, 그 작은 방에 가구라고는 책상 하나와 거울 하나만 있는 것에 놀랐다. 두원이는 그 어둡고 작은 방에서 매일매일 그림을 수십 장씩 그려대고 있었는데, 그 색깔이 정말 알록달록했고 그림에는 나무와 꽃, 동물들이 많이 출연하고 있었다. 특히 새와 오리와 거북이가 많았다. 나는 오리가 많이 있는 것에 신이 났고, 우리는 서로의 그림을 보여주고 좋아하는 것들에 대해 신나게 이야기했다. 헤어질 때는 두 집의 중간쯤에 있는 골목에서 손을 흔들며 '앞으로 친하게 지내자!'고 소리를 지르며 인사했다.

다음해, 두원이는 상수동의 작은 전시장에서 〈슬프게 화가 난다〉라는 제목의 첫 개인전을 열었다. 전시 포스터에는 슬프게 보이기도 하고, 화가 나 보이기도 한 옛날 화가의 얼굴이 그려져 있었다.

얼마 뒤, 나는 같은 제목의 곡을 만들어 그에게 보내주었다.

좁은 방에서 그림만 그렸어
낡은 가방에 그림을 모았어
친구를 만나면 기뻤어 손을 잡았어
친하게 지내고 싶었어 난 모두와
어두운 방 안에 있어도 꽃이랑 나무 생각만 났어
어두운 방 안에 있어도 꽃이랑 나무 생각만 났어
슬프게 화가 난다
슬프게 화가 난다
슬프게 화가 난다
슬프게 화가 난다
어두운 방 안에 있어도 꽃이랑 나무 생각만 났어
어두운 방 안에 있어도 꽃이랑 나무 생각만 났어
슬프게 그림 그리는 화가 저기 날아가네
어두운 방 안에 있어서 난 꽃이랑 나무 그림만 그렸어

오늘 낮, 잠에서 깨기도 전에 두원이에게 전화가 두 통이나
와 있었다. 부스스 일어나 전화를 다시 거니 "야, 망원역에
커피벅스 있지? 거기서 기다릴게. 나와. 화장하지 말고 나와.
우리 사이에"라고 우다다다 말을 하고 끊기에 선글라스를

끼고 바로 집을 나섰다. 오토바이를 세워두고 망원역 스타벅스 앞에서 기다리고 있던 두원이는 나를 보자마자 곧바로 자기 오토바이 자랑을 시작했다. 그 자랑스러운 오토바이를 타고 야외 좌석이 있는 카페에 갔고, 두원이는 자리에 앉자마자 선글라스 자랑을 시작하는 듯싶더니 곧 봉투를 하나 꺼내 나에게 내밀었다. '이랑 소규모 수고비'라고 써진 봉투에는 내 얼굴이 그려져 있었다. 열어보니 안에는 5만 원 권 몇 장이 들어 있었다. 두원이의 개인전 오프닝에서 노래를 부른 것에 대한 수고비였다.

우리는 '어른이 된 것'에 대해 이야기했다.
서로의 스케치북에 그린 그림을 자랑하던 때를 지나, 강남의 멋진 갤러리에 100호, 200호짜리 커다란 그림을 걸고 전시를 하는 어른이 된 우리에 대해서. 몇백만 원 혹은 몇천만 원에 그림을 팔고, 친구에게 수고비를 건네주는 어른이 된 우리에 대해서.

'친하게 지내자!'고 소리지르며 헤어지지 않는 우리에 대해서.

언제까지 주는 걸까

앨범을 내고 난 뒤, 다양한 인터뷰와 촬영을 계기로 평소에는 전혀 인연이 없던 패션업계 사람들을 많이 만났다. 때때로 브랜드와 협업하는 촬영의 경우, 촬영을 하고 나서 선물을 받을 때가 있었다. 그렇게 받은 첫 선물은 뉴발란스 운동화였다. 뉴발란스 운동화가 너덜너덜해질 즈음 또다른 패션브랜드 촬영을 했고, 거기에서 받은 쇼핑상품권으로 나는 디젤 운동화를 샀다. 아니 가졌다. 디젤 운동화 밑창이 닳을 때가 되자, 프레드페리 신발을 선물 받았고 그게 닳기 전에 반스의 스타워즈 에디션과 관련한 촬영을 했고 (내 노래 중에 스타워즈 캐릭터 요다가 나오는 〈로쿠차 구다사이〉라는 곡이 있다는 이유였다) 반스 신발을 하나 받았다. 작년에는 정말 왜였는지 모를 이유로 샤넬의 재킷 화보 촬영을 했는데, 무려 톱모델 김원중, 배우 정은채 등 멋진 님들과 함께 잡지에 실렸었다. 그때 촬영을 체크하러 나왔던 샤넬 홍보부의 언니들이 샤넬 화장품들을 선물로 주었고, 연말에는 편지와 함께 또 몇 개의 제품을 집으로 보내주었다.

뭔가를 선물로 받을 때마다 나는 기쁘기보다 두려웠다. 대체 나에게 왜 이걸 주는 걸까? 촬영 페이로 받기로 한 것들은 감사한 마음으로 받았지만, 촬영이 끝나고도 선물을 집으로 보내주거나 하면 불안한 마음이 들었다. '왜 주는 걸까?' 하는 불안감과 더불어 '언제까지 주는 걸까?' 하는 생각이 들었다. 언젠가는 감사히 받았다고 인사를 전하고 싶은데 연락처가 없어 화보를 진행했던 잡지사에 물어물어 브랜드 담당자의 연락처를 어렵게 알아내기도 했다.

요즘 나는 인스타그램을 아주 자주한다. 내가 좋아하고 팔로우하는 지드래곤이나 씨엘이나 톱모델들이 올리는 사진을 보면 그들은 많은 선물을 받는 것 같다. 선물을 받으면 인증샷과 '감사합니다 + 브랜드 이름'을 태그해서 올리는 모습이다. 항상 선물을 받는 연예인들은 그것에 익숙해져 있을까? 익숙해지면 어떤 기분이 들까? 나는 몇 개의 화장품을 받고 혹시라도 이것에 익숙해지면 어쩌나 하는 걱정이 너무 많이 들었는데 말이다. (물론 이후 그런 일은 더 없었다.) 받는 것에 익숙한 사람이 되는 것이 두려웠다.

직업을 가지고 사회생활을 하면서 주고받는 일은 점점 늘어난다. 나도 내 공연에 누군가를 초대하고, 앨범을 선물하고,

책을 선물한다. 그리고 다른 음악가의 공연에 초대를 받고, 사인된 책을 선물 받고, 앨범을 받는다. 음악 공연, 연극, 시 사회에 초대받아 가는 일도 종종 있다. 그때마다 나는 '초대받지 못할 날'에 대해 생각하기를 멈추지 않는다. 십대 때부터 홍대에서 얼쩡거리기 시작했고, 강산이 변하고도 또 몇 년이 더 지났다. 처음엔 어디에도 초대받지 못해서 제 발로 여기저기 기웃기웃 얼쩡거렸고, 이제는 여기저기 초대받아 기웃기웃 얼쩡거린다. 그렇게 또 10년이 지나면 나는 어디를 기웃거리고 있을까? 어디에도 초대받지 못해 집에서 외로워하다 얼쩡얼쩡 등산길에 오를까?

좀 재밌었나?

나는 아주 조용히 발악을 하고 있다. 마음이 계속 요동치고 있는데 그 이유가 뭔지 모르겠고 가장 기분이 좋지 않은 이유는 '재미있는 게 없어서'이다. 재미있게 살자고 결심했는데 뭐가 재미있는 일인지 도통 모르겠다. 오히려 재미있게 살자고 결심하고 나니 재미있는 일이 더 없어진 것 같다. 그래서 무언가 자극이 되는 것들을 찾고 싶어졌다. 하지만 뭘 해야 하지? 노래도 부르고, 춤도 추고 그림도 그리고 글도 썼다. 영화도 찍었고 공연도 하고 연기도 하고 뭐든 했다. 이제 정말 뭘 더 해야 할지 모르겠고 일단 답답해서 자전거를 타고 밖으로 나가봤다. 그게 그렇게 습관이 들어서 요즘엔 매일 자전거를 타고 밖으로 나간다. 보통 밤 열시 넘어서 나가고 때때로 열한시가 넘어 나가는 날도 있다. 한번 나가면 한강을 따라 쭉 달려 더이상 길이 없는 곳까지 간다. 가양대교가 있는 즈음부터 일산으로 통하는 길을 공사하고 있기 때문에 그곳에서부터는 더 갈 수가 없다. 그리고 거기까지 가면 다니는 사람도 없고 뭔가 으스스하니 무서워 냉큼 돌아오곤 한다. 그곳을 떠올리는 것만으로도 살짝 배가 찌르르하게 공포감이 느껴진다. 왠지 모르게 무서운 그곳까지 갔다가 집으로 다시 돌아오면 한 시간이 좀 넘게 지나 있곤 하다. 매일 이 코스로 자전거를 타다보니 그것도 좀 지겨워졌다.

하루는 자전거를 타다 영 심심해서 중간에 익스트림 스포츠를 할 수 있게 만들어놓은 곳에 들어가봤다. 그곳은 묘기자전거나 보드를 타는 곳인데 뭐 일단 내가 타고 있는 것도 자전거니까 도전해보자는 마음이 들었다. 내 자전거는 바퀴가 달린, 시장 보러 갈 때 타기 좋은 무겁고 큰 자전거라서 안 될 거라는 생각도 강하게 들었지만 무엇보다 나는 '재미있고' 싶었다. 일단 경사가 제일 낮은 곳에 힘차게 올라가봤고 아주 빠르게 경사를 타고 내려와 한 코스를 맛보았다. 기분이 아주 좋았다. 다음으로는 조금 더 경사가 있고 경사 끝에 각이 져 있는 곳을 올라가보기로 하고 별생각 없이 페달을 쭉 밟았는데, 얼레? 자전거가 경사에 반도 못 오르고 딱 멈췄다. 브레이크를 밟은 것도 아닌데 딱 멈추길래 나의 뇌도 심장도 딱. 아, 이대로 나는 자빠져 뒤통수가 깨지겠구나 생각이 든 순간 경사 꼭대기에서 묘기자전거를 타던 소년과 눈이 마주쳤다. 나와 소년은 놀란 얼굴로 마주보았고 나는 이내 소리를 지르며 거꾸로 미끄러졌다. 다행히도 자빠지진 않았지만 좀 전의 상황에 너무 놀라 심장이 벌벌 떨렸다. 심장이 너무 놀란 관계로 머리도 좀 이상해져서는 바로 옆에 자전거 금지라고 쓰인 갈대밭 산책로로 자전거를 몰고 들어갔다. 갈대밭 산책로는 자전거가 다닐 수 없게 길이 울퉁불퉁했고 벌레가 많았다. 게다가 길에 앉아서 쉬고 있던 수많은 뚱뚱한 비둘기들이 내 자전거 소리에 놀라 마구 날아올랐다. 날아오르는 속도가 너무 느려서 내 얼굴과 비둘기들이 곧 부딪힐 것 같았다. 자전거는 이미 내리막을 빠르게 달리고 있었기에 멈추지도 못하고 괴성을 지르며 갈대밭을 간신히 빠져나왔다.

이윽고 평탄한 자전거 도로에 진입했고 부드럽게 달리면서도 머리와 심장은 굉장히 복잡했다. 놀란 가슴은 여전히 쿵쾅거렸지만 머리로는 '방금 좀 재미있었나?' 하고 좀 전 상황의 재미있는 정도를 가늠하고 있었다. 집에 돌아올 때쯤에는 모든 것이 진정되었고 나는 내일 또 무엇을 해야 좋을지 고민하기 시작했다.

뭘 해야 재미있을까?

갓을 쓰고

일본 공연 때 쓰려고 인터넷에서 갓을 주문했다. 며칠 뒤 집으로 갓이 배달되었다. 갓은 생각했던 것보다 컸다. 높이도 높았고 너비도 넓어서 트렁크나 배낭에 절대 들어가지 않았다. 그래서 어쩔 수 없이 갓을 쓴 채로 일본으로 출발했다. 처음에는 갓을 쓰고 다니는 게 웃기기도 하고 부끄럽기도 했는데, 공항과 비행기에서, 그리고 열차와 지하철을 계속 갈아타는 길고 힘든 여정에 내가 갓을 쓰고 있다는 사실을 잊어갔다. 이상하게 쳐다보던 사람들의 시선도 점점 아무렇지 않아졌다.

갓을 쓰고 다니니 모든 문과 천장이 너무 낮게 느껴졌고 그게 불편했다. 갓을 쓰고 다니던 시대에는 아마 모든 문과 천장이 지금보다 훨씬 높았을 것이다. 훨씬 높아서 훨씬 멋있었을 것이고 갓이나 그보다 더 높고 멋진 모자를 쓴 사람도 불편 없이 다녔을 것이다. 우리집 천장은 낮고 지하철 천장이 낮고 카페도 식당도 모두 천장이 낮다. 낮은 것투성이다.

낮은 천장이 나를 짓누르는 기분이다. 생각도 행동도 목소리도 모두.

궁에 살고 싶다. 궁에 살면 지금보다 생각도 더 높고 깊게 할 것만 같다. 그러면 내가 만드는 노래도 더 높고 깊이 있어질 것이고, 노래도 더 잘 부를 수 있을 것만 같다. 모두가 이 높고 멋진 갓을 쓰고 다니면 좋겠다. 갓은 현대 의상과도 정말 잘 어울린다.

신은 멋지고 바보다

나는 신에 대해 생각하기를 좋아하고 특히 장난스러운 생각을 하는 걸 좋아한다. 특별히 종교가 있는 건 아니지만, 나는 '창조주'라는 존재를 믿고 그 업적에 대해 존경하는 마음도 있다. 그래도 항상 '신' 하면 떠오르는 제일 첫번째 생각은 그가 제정신이 아니라는 것이다. 그 이유는 바로 내 옆에도 있고 넓게는 전 세계와 우주에 걸쳐 있다.

일단 나랑 가장 가까운 신의 창조물, '준이치'에 대해 말해보겠다. 준이치는 내 고양이이고 온몸이 털로 뒤덮여 있다. 몸뚱이 전체와 팔엔 검은 털이 나고 배와 손발에는 흰 털이 난다. 얼굴은 조로 가면을 쓴 듯 눈 밑까지 검은 털로 덮여 있고, 입과 코 부분엔 흰 털이 난다. 흰 털 가운데 있는 코는 핑크색이라 눈에 아주 잘 띈다. 준이치 같은 털을 가진 종류를 고양이 세계에서는 '턱시도 고양이'라고 부르는 모양이다. 잘 차려입은 검은 턱시도에 흰 장갑을 낀 것 같은 젠틀한 모습 때문인 듯하다. 대체 이 디자인은 뭐란 말인가.

쓸데없이 멋지다.

10년째 준이치를 키우고 있지만, 이 쓸데없이 멋진 디자인 감각에 매일 놀랄 따름이다. 헐렁한 스웨터에 구멍난 바지를 입고, 입에서는 담배 냄새가 나는 포유류인 나에 비하면 준이치는 얼마나 멋진 차림인가. 하지만 대체 왜, 준이치는 옷만 멋지게 입었을 뿐 내가 열쇠를 잃어버렸을 때 현관문도 못 열어주는 바보인 것일까? 이렇게 멋지고 바보 같은 신의 감각을 어떻게 하면 이해할 수 있을까?

때때로 나는 그를 이해해보기 위해 그를 흉내내보기로 한다. 일단 집 근처에 있는 여러 가지 종류의 아이스크림을 파는 가게에 가서 몇 가지 아이스크림을 산다. 그러면 점원은 내가 집에 갈 때까지 아이스크림이 녹지 않도록 '드라이아이스'라는 것을 포장 속에 함께 넣어준다. 나는 집에 돌아와 아이스크림은 냉동실에 넣어두고 드라이아이스만 꺼내 물을 자작하게 받은 대야 속에 넣는다. 그러면 대야에서 아주 부드럽고 차가운 연기가 뭉게뭉게 피어오르기 시작한다. 나는 턱을 괴고 피어오르는 뭉게구름을 바라보며 생각한다.
'자, 무엇을 창조해볼까?'

신이 뭔가를 창조하기로 마음먹었을 때 이런 느낌이 아니었을까? 아직 아무것도 정해진 것은 없는 가운데, 피어오르는 뭉게구름 속에서 갑자기 '준이치' 같은 걸 떠올리는 거다. 손은 하얗고, 몸통은 검은, 엉덩이 부분에는 꼬리가 있고 코는 핑크색으로. 귀는 머리통에서 위쪽으로 솟아오르듯이. 하지만 현관문을 열어주는 능력은 빼고.

이렇게 눈에 보이는 창조물도 물론 이상하지만, 더욱 이상한 것은 눈에 보이지 않는 것들이다. 눈에 보이지는 않지만, 신이 만든 것임이 분명한 것들. 일테면 '연애'라든지 '질투'라든지 '공포' 같은 것들. 그중에 제일 이상한 것은 '연애'인데, 불필요해 보이지만 꼭 필요하고, 할 때도 하지 않을 때도 사람을 괴롭게 만드는 이 요상한 시스템은 대체 왜 만든 것일까? 내가 누군가를 좋아하게 되면 당연히 그 사람이 관심을 갖고 나를 봐주기를 바라게 된다. 그가 나에게 관심을 보이지 않으면 애가 타기 시작한다. (그나저나 애가 탄다는 말은 왜 이렇게 무서운 걸까?) 나는 그가 나에게 관심을 갖도록 마음을 끊임없이 표현하고 때론 바보 같은 짓도 한다. 하지만 그토록 원했던 '나도 너를 좋아해'라는 말을 듣는 순간, 왜 나는 '혹시 주위에 더 멋진 사람이 있지 않을까' 하는 생각이 드는 것인가? 나는 외로움을 느낄 때 언제고 그의 집에 가고 싶지만, 오늘 그가 우리집에서 자고 가고 싶다는 말에는 왜 심기가 불편해지는 것인가!

성경을 보면 인간은 신의 모습을 본떠 만들어졌다고 한다.

> 하나님이 이르시되 우리의 형상을 따라 우리의 모양대로 우리
> 가 사람을 만들고 그들로 바다의 물고기와 하늘의 새와 가축
> 과 온 땅과 땅에 기는 모든 것을 다스리게 하자 하시고
> 하나님이 자기 형상 곧 하나님의 형상대로 사람을 창조하시되
> 남자와 여자를 창조하시고 (창세기 1:26-27)

대체 신은 얼마나 속이 꼬여 있길래 내가 이 모양으로 생겨먹
었단 말인가. 얼마 전 나는 3년 반을 만난 애인과 헤어졌다.
그를 포함한 나의 전 애인들이 공통적으로 나에게 가장 많
이 했던 말 중 하나는 '너는 너밖에 모른다'는 것이었다. 나는
그 점이 나에게 있어서 가장 신과 닮은 특성이라고 생각한
다. 신은 자기밖에 모르기 때문에 인간에게 '자유의지'를 가
지도록 만들어놓고, 결국 자기를 섬기지 않는다고 심각한 벌
을 내리지 않았나. 첫 인간인 아담과 하와가 자유의지로 선
악과를 따먹으니까 열받아서 에덴동산에서 내쫓은 다음에
죽도록 내버려두지 않았나. 그리고 그 죄가 대대손손 이어져
그 후손인 나 같은 인간이 태어나, 죽도록 일하고 결국 늙고
못생긴 모습으로 죽어가는 게 아닌가. 신은 정말 자기밖에
모르고 질투심도 대단한 것 같다. 내가 애인에게 느끼는 질

투와는 차원이 다르다. 나는 애인에게 질투가 날 때도 죽이고 싶을 정도는 아니었는데.

결국, 모든 것이 죽도록 설정되어 있는 시스템이 거슬리고 짜증이 나면서도 가끔 내가 빨리 죽었으면 좋겠다는 생각을 한다. '나밖에 모르는 삶'은 때때로 너무 피곤하고 '노답'이기 때문이다. 하지만 동시에 내가 죽지 않고 영생을 살면, 결과적으로 내가 신이 되면 좋겠다는 생각도 한다. 30년째 이상한 인생을 살아오면서, 300년쯤 더 살면 좀 괜찮은 인생을 살게 되지 않을까 궁금해졌기 때문이다. 아무래도 지금처럼 '노답'인 채로 살진 않겠지 싶어서.

그나저나 내가 왜 신을 믿게 되었는지 그 이유를 이야기하지 않은 것 같다.

비가 아주아주 거세게 오는 어느 밤이었다. 나는 준이치와 함께 공포에 떨고 있었다. 잠이 오지 않을 정도로 천둥과 번개가 무섭게 치고 있었다. 갑자기 창문이 흔들릴 정도로 큰 천둥이 쳤고, 그 순간 나도 모르게 "잘못했어요!"라고 소리 내어 말했다. 그렇게 말한 스스로가 우습기도 했지만, 그 말은 너무 자연스럽게 흘러나왔다. 실은 나는 진짜로 신을 무

서워하는지도 모른다. 그가 나를 죽일까봐. 내가 드라이아이
스로 장난치는 걸 보고 화가 나서 나를 죽일까봐. 신이 제발
나를 귀엽게 생각해주기를 빈다. 그리고 또 천둥이 무섭게
치는 날, 나는 또 잘못을 빌 것이다.

이랑의 업데이트가
완료되었습니다 ♪

하~ 세상 편하다~

엄마

왜

안아줘

...

그 사람을 흉내냈다

홍대에 있는 유어마인드라는 책방에서 주최하는 '언리미티드 에디션'이라는 행사가 있다. 매년 가을쯤 열리는 북페어이다. 허핑턴포스트에서는 이 행사를 이렇게 설명했다. '세계 각국에는 도시의 이름을 딴 아트북페어가 있지만 아직 서울의 이름을 딴 아트북페어는 공식적으로 열리지 않고 있다. 그러나 언리미티드 에디션이 6년째 서울아트북페어의 역할을 하고 있다.'

이 행사를 한 달쯤 앞두고 유어마인드의 이로씨에게 연락이 왔다. 내가 기약 없이 쓰고 있는 영화의 각본 일부분을 언리미티드 에디션의 공식 프로그램에서 연극으로 만들어볼 수 있겠냐는 제안이었다. 책과 문화와 예술에 관심이 많은 분들이 오는 행사니까, 혹시 내가 연극으로 작품을 살짝 공개했을 때 좋은 기회나 제안이 오지 않을까 하는 기대를 품고 일단 하겠다고 대답했다. 제안을 받고 실제로 공연을 하기 전까지 시간이 많지 않아 함께할 수 있는 배우들에게 연락을 돌려보았는데 예상외로 다들 쉽게 승낙해서, 공연을 하루 만에 결정해버렸다.

그다음에 할 일은 어떻게 연극을 할 것인가였는데, 그보다 내가 연극을 연출해본 경험이…… 있던가? 대학 때 연기 수업시간에 선생님 앞에서 즉흥으로 했던 것? 이렇게 무경험으로 그런 큰 행사에 '연극'이란 이름을 달고 나가겠다는 이 근거 없는 자신감은 어디서 나오는지 나도 모르겠다. 일단 쓰고 있는 각본의 어느 부분을 택할지 고민하며 읽다가 문득 9월에 일본에서 보았던 방송녹화 현장이 떠올랐다.

우연한 기회로 초대를 받아 롯폰기 아사히TV 방송국에서 〈아메토크〉 녹화를 두 번 본 일이 있었다. 〈아메토크〉는 2013년 말 조사 기준으로 일본 최고의 시청자 선호도를 자랑하는 아사히TV의 간판 예능 프로그램이다. 일본어를 알긴 하지만 예능에서 쓰는 말이나 개그까지는 따라가기 어려워 몇 시간 동안 이어지는 녹화에 집중하는 것은 좀 어려웠다. 대신 방송 녹화라는 것이 어떤 시스템으로 돌아가는지를 시선을 이리저리 돌리며 구경했다. 그중 가장 시선을 잡아끈 것은 예능인들이 한껏 끼를 펼치는 무대와 그것을 찍는 카메라들과 제일 뒤에서 웃음소리를 내고 있는 이백 명의 관객 사이에, 혼자 앉아 있던 한 사람이었다. 바로 〈아메토크〉

의 연출가인 카지 린조였다. 나는 그가 어떤 사람인지 잘 몰랐지만 친구에게 물으니 현재 일본에서 가장 유명한 예능 프로그램 〈아메토크〉나 〈런던하츠〉를 만들어온 능력 있고 매력 있는 PD라고 했다.

내가 그를 오랫동안 관찰했던 이유는, 그 현장에서 그 사람만 아무 일도 안 하는 것처럼 보였기 때문이다. 녹화장에서는 모두가 바빴다. 모두 손에 뭔가를 들고 있었고 모두 움직이고 있었다. 예능인들은 재미있는 얘기를 쏟아내기 바빴고, 카메라맨들은 크고 무거운 카메라를 돌리고 있었고, AD들은 스케치북을 들고 쉴새없이 뛰어다녔다. 그만이 그 모든 사람들 가운데 등받이 없는 의자에 턱을 괴고 조용히 앉아 있었다. 하지만 왠지 모두가 그의 눈치를 보고 있다는 게 느껴졌다. 무대에서 수십 년 연기한 예능인들도 진행이 더디다 싶으면 바로 그를 쳐다보았다. '녹화를 좀 쉴까요, 어떻게 할까요?' 하는 눈빛이었다. 그럴 땐 모두 하던 걸 멈추고 그의 말을 기다렸다. 그는 턱을 괴고 있던 손을 부드럽게 움직여 계속하라는 제스처를 취했다. 나는 그의 뒷모습을 계속 바라보고 있었다.

태풍의 눈 속에 있는 것 같은 사람. 손에 아무것도 들고 있지 않지만 이 모든 현장의 눈과 머리인 사람. 그 사람이 나와 무대 사이에 앉아 있어서 생기는 긴장감이 너무 좋았다. 나는 그 사람이 되고 싶었다. 그리고 머릿속에 연극의 콘셉트가 정해졌다.

그렇게 연극이라는 타이틀을 달고 연극 같지 않은 쇼를 만들었다. 배우들은 대본을 보면서 읽었고, 나는 관객과 대본을 읽는 배우들 사이에 앉아 연기 디렉팅을 했다. 가끔은 뜬금없이 관객에게 말을 걸었고, 관객이 배우의 연기에 집중하고 있을 때 배우에게 말을 걸었다. 내 앞의 무대에서는 무언가 만들어지고, 내 뒤의 누군가가 그것을 보고 있는 느낌이 좋았다. 그 가운데 있으며 긴장감을 조성하는 게 즐거웠다. 그 사람, 카지 린조를 흉내내고 있는 게 좋았다.

신곡의 방

〈신곡의 방〉이라는 이름으로 새로운 정기공연을 시작했다. 관객 앞에서 뮤지션 둘이 하나의 곡을 만드는 모든 과정을 보여주는 공연이다. 매달 고정으로 출연하는 레귤러 뮤지션인 나와, 달마다 바뀌는 게스트 뮤지션이 사전에 아무것도 짜놓지 않은 상태로 공연날 만나, 코드를 정하는 것부터 멜로디와 가사를 붙이는 것까지 그 자리에서 정한다. 작곡이 어느 정도 진행되면 녹음을 하며 다 같이 들어보고 고치며 완성한다. 예상 시간은 두 시간 반에서 세 시간 정도로, 곡이 완성될 때까지 공연은 끝나지 않는다. 이 공연은 같은 형식과 이름으로 도쿄의 Roji라는 바에서 올해 1월부터 매달 하고 있는 것이다. 올해 초, 별생각 없이 보러 갔다가 그 콘셉트에 완전히 반했다. 공연이 끝나고 〈신곡의 방〉을 기획하고, 진행하고 있는 타츠라는 친구와 매달 레귤러 뮤지션으로 참여하는 쿠로오카에게 이 공연을 서울에서 똑같이 하고 싶다고 부탁했었다. 다행히도 흔쾌히 허락해줘서 드디어 11월, 처음으로 〈신곡의 방-서울〉을 시작하게 된다.

처음 앨범을 낼 때만 해도 나에게는 곡이 참 많았다. 곡을 쓰는 것도 참 쉬운 일이었다. 하고 싶은 말도 많았고 모르는 코드도 많았기 때문에, 새로운 코드를 알아가면서 새로운 곡을 만들어내는 일 자체가 재미있었다. 하지만 자주 쓰는 코드가 생기고 하고 싶은 말도 점점 없어지고, 그렇게 곡을 자주 쓰지 않게 되었다. 어쩌다 동료 뮤지션을 만나 '곡을 쓰고 있냐'는 이야기를 나눌 때면, 같은 고민을 들을 때가 많았다. '새로운 곡을 만드는 것'은 뮤지션에게 가장 즐거운 일인 동시에 가장 하기 싫은 숙제같이 느껴질 때도 있는가보다.

그날 아무런 계획 없이 만난 두 뮤지션이 새로운 곡을 만드는 과정이 참 즐거워 보였다. 그들은 '좋은 곡'을 만드는 것을 목적으로 하고 있다기보다 '재미있는 곡'을 만들려고 하는 분위기였다. 당연히 이것은 쇼의 형식을 하고 있기 때문에 더더욱 그렇게 보였다. 레귤러 뮤지션과 게스트 뮤지션, 그리고 사회자는 서로 이런저런 이야기를 주고받고, 맥주도 마시며 장난처럼 곡을 써나갔다. 뒤에 있는 작은 화이트보드에 가사를 쓰고, 불러보고 틀리고, 고치고 (그 중간중간에 수많은 농담을 하며) 그렇게 곡이 '완성될까' 싶은 순간 어느새 곡이 완성되었다. 곡이 완성되는 순간을 관객으로서 경험하고 있었지만 진짜로 완성된 순간 전율을 느꼈다. 곡의 완성은 '계산에서 나오는 것이 아니라, 그들이 장난처럼 만든 곡을 녹음하고 아직 정해지지 않은 부분을 즉흥적으로 부르던 중, 어느 순간 이루어졌다. 물론 레귤러 뮤지션과 게스트 뮤지션 모두 계속 음악을 만들어온 사람들이기 때문에 가능한 부분도 있었다. 장난을 치며 만드는 것처럼 보여도 결국 프로의 근성으로 곡을 완성으로 끌고 가는 힘이 확실히 있었다. 관객으로서 '완성의 순간'을 경험한 것도 짜릿했지만, 그것을 실제로 내가 해보면 더더욱 즐거울 것 같았다. 그 첫 공연을 이틀 앞두고 이 글을 쓴다. 나는 오랜만에 짜릿한 기대감에 차 있다.

도망쳐

스물아홉은 심적으로 힘든 한 해였다. 초등학교와 고등학교, 미디액트와 성폭력 피해자 쉼터까지 네 군데를 돌아다니며 음악 수업을 하며 몸을 축내며 돈을 많이 모았던 이유는 본래, 쉬엄쉬엄 보내며 2집 앨범을 만들기 위해서였다. 헌데 회사의 사정으로 앨범을 만드는 일이 계속 미뤄졌고, 3월, 6월, 9월…… 기약 없이 3개월씩 미뤄지는 일정을 견디다못해 나는 레이블 사장님에게 화도 내고, 울기도 하고 그랬었다. 심지어 나는 울면서 이런 웃긴 말도 했었다. '서른 살에 2집 내기 싫단 말이야, 엉엉엉.'

서른 살에 내는 새 앨범이라는 게 왠지 싫었다. 내가 어떤 바보 같은 곡을 들고 나와도 서른 살에 냈다는 이유로 '조금 더 성숙해져 돌아온'이라는 말이 따라붙을 것 같았다. 그게 싫었다. 그리고 난 스물아홉이라는 경계의 숫자가 좋았다. 이십대를 끝내며, 삼십대를 맞이하며 경계 같은 이야기들로 새 앨범을 발표하고 싶었다. 이미 2집에 수록할 곡들의 데모는다 나와 있었기 때문에 그저 녹음해서 내기만 하면 되는 거라고 생각했었다. 어쨌든, 결국 그렇게 되지 못했고 기다리다 울다 1년이 지나버렸고, 9월쯤엔 '올해는 글렀다'는 생각에 접어들었다.

그래서 도망치고 싶었다. 어디로 도망치면 좋을까 생각했다. 한 해가 망했다고 생각하면서 스물아홉에서 서른으로 넘어가는 날을 떠들썩한 서울에서 보내고 싶지 않았다.

그러던 중, 알음알음 이름만 알던 친구를 김승일 시인의 작업실에서 우연히 만나, 우연히 이야기를 나누기 시작해 다음 날 아침이 될 때까지 이야기를 멈추지 않게 된 일이 있었다. 윤한다라는 재미있는 본명을 가진, 필리핀에서 오랫동안 살았고 아직도 부모님은 필리핀에서 살고 계신, 특이한 이력을 가진 친구였다. (한국인이다.) 이야기를 나누다보니 나 못지않게 즉흥적이고 발랄한 한다의 매력에 금방 빠지게 되었고, 우리는 처음 만난 그날부터 서로에게 반해 매일 만나고 싶어 안달이 났다. 연애를 시작한 것처럼 얼굴만 봐도 신이 났고 저녁이 되면 헤어지기 싫어 우리집에 데려와 재우고, 집에 와서는 끝도 없이 이야기를 하다가 결국 밤을 새우곤 했다. 한다가 들려주는 필리핀 이야기는 정말 흥미로웠다. 아주 가난

한 나라이면서도 휴양의 천국인, 이상한 나라.

나는 한 번도 부자였던 적이 없다. 열여섯에 고등학교를 그만두고, 열일곱일 때부터 〈페이퍼〉라는 잡지사에 만화를 연재하며 일을 시작했고, 열여덟에 출가해 계속 혼자서 살았다. 혼자 벌어서 혼자 쓰기 빠듯했고, 첫 학기부터 대출 받은 대학 학자금 때문에 은행빚도 2천만 원이나 생겼다. 그런 내게 휴양지를 가볼 일은 없었다. 가난하고 자연이 아름다운, 한다가 살았던 두마게테라는 곳의 이야기를 들으며 나는 그 섬에 한다와 함께 가보기로 결심했다. 휴양의 나라에서 역시 가난하게 살고 계시는 한다의 부모님 집에 놀러가보는 것이다. 가난하게 휴양을 즐기러. 스물아홉까지 휴양을 즐겨보지 못한 나를 위해, 올해 앨범을 못 내서 끙끙거렸던 나를 위해. 비행기표만 달랑 끊어서, 조용한 섬에서 과일을 먹으며 바다를 보기 위해.

한다는 내게 귀중한 보석 같은, 휴양지 친구가 되어주었다.

다시 바다로, 다시 죽으러

필리핀으로 생의 첫 휴양을 다녀오고 난 뒤, 후유증이 이만 저만이 아니다. 휴양은 정말 멋진 일이었다. 필리핀은 나 같은 한국 서민이 최고급 레스토랑에서 식사를 하고 최고급 리조트에서 수영을 할 수 있는 곳이었다. 그것을 위해 1년을 열심히 살아도 좋을 만큼 근사한 일이었다. 하지만 돌아오고 난 뒤엔 그 1년을 다시 열심히 살 힘이 안 나는 게 문제였다. 겨우 2주간 그렇게 지냈을 뿐인데도 돌아오니 '일하는 감각'이 몽땅 사라져버렸다. 평소 내가 주 5일, 아침 여덟시 아홉시에 출근해 밤늦게 돌아오는 나의 룸메이트들처럼 빡센 삶을 살았던 것도 아니었는데, 그럼에도 불구하고 정말 그랬다. 여기까지 이 문장들을 쓰는 데도 좀 오래 걸렸다.

뭐가 제일 좋았나 하면, 스킨스쿠버 다이빙 자격증을 따는 과정이었다. 그것은 내 인생에서 일어나리라고 예상도 못했던 것이었다. 함께 갔던 동갑내기 친구가 스킨스쿠버 다이빙 자격증을 따겠다고 해서 나도 별 계획 없이 동참하게 되었다.

하루는 필기시험을 위한 이론을 공부했고, 다음날은 3.5미터 정도 깊이의 수영장에서 실습을 했고, 그 다음날에는 바다에서 실습을 했다. 다이빙은 45분씩 두 번 했는데, 한 번 다이빙을 하면 다음 다이빙을 위해 육지로 복귀해 한 시간 정도 쉬어야 했다. 수중 압력 때문에 수면 밖으로 나와 쉬는 시간인 이 '수면水面' 휴식 시간을, 잠을 자야 하는 '수면睡眠' 시간인 줄 알았던 친구는 해변 어디에서 잠을 청해야 하나 한참을 고민했다.

나는 수면 휴식 시간에 해변에 앉아 울고 있었다. 울었던 이유는, 내가 '해서는 안 되는 일'을 한 기분이 들었기 때문이었다. 이 '해서는 안 되는 일'을 하기 위해 나는 책을 읽고, 장비를 다루는 훈련을 받고, 무거운 산소통과 더욱 무거운 납벨트를 차고 바닷속으로 들어갔다. 그 공간에서 나를 살아 있게 해주는 주렁주렁한 장비들, 그리고 입에 물고 있는 호흡기. 오로지 그것만을 믿고 수면 아래로 가라앉아야 했다. 무조건 입으로만 숨을 쉬어야 하는 것. 그것이 가장 낯설었다. 바닷속에서 나와 내 친구들을 인도해주는 다이빙 마스터가 수신호로 수심 22미터까지 내려왔다고 알려줬을 때, 그때는 아주 절정으로 무서웠다. 게다가 그는 그곳에서 기념사진을 찍어야 한다며 호흡기를 잠깐 빼라고 했다. 물론 수영장 훈련 때도 해봤던 것이지만, 실제 바닷속 그 22미터 아래에서 호흡기를 빼야 하는 것은 충격이었다. 물속이라 빛이 굴절돼서 이상하게 커다랗게 보이는 친구들이 아무렇지도 않게 호흡기를 뺐다. 나는 속으로 '모두 미쳤구나!' 생각했다. (물속에서는 말을 할 수가 없으니까.) 그렇게 미친 45분이 지나고 수면 휴식 시간을 위해 마침내 수면 밖으로 나왔을 때는 진짜 죽었다 살아나온 기분이었다. 임사 체험을 끝낸 기분이었다.

물론 바닷속에는 예쁘고 멋진 것들이 많았다. 지상 어디에서도 볼 수 없었던 것들이었다. 평소에는 알지도 못했고 꿈꾸지도 않았던 곳이었다. 답답하게 숨을 들이쉬고 내쉬어야만 하는 곳, 바로 옆에 있는 친구에게 아무 말도 할 수 없는 곳이었다. 그곳은 죽음과 가까웠다. 그 감각을 잊을 수가 없었다. 신이 있다면 내가 그곳에 잠시 머물렀다는 이유로 나를 죽일지도 모르겠다는 생각이 들었다. 하늘 끝에 닿기 위해 바벨탑을 지었던 사람들을 벌했듯 말이다. 그래서 나는 수면 휴식 시간에 울고 있었고, 다시는 이걸 하지 않겠다고 결심했다.

하지만 한 시간 후, 나는 다시 바다로 들어가고 있었다. 자격증을 따겠다고 미리 내놓은 500달러가 아까웠다.

쓸 수 있다 할 수 있다

나는 집에 있으면 '뭔가 해야 한다, 뭔가 써야 한다'는 생각을 하면서 하루종일 아무것도 안 하는 날이 많다. 그래서 고민 끝에 결단을 내리고 어제부로 집 근처에 있는 공동작업실로 이사를 했다. 큰 차를 가지고 있는 친구가 내 책상과 짐을 옮기는 것을 도와주었다.

내가 이사한 곳은 배드베드북스라는 이름의 출판사 겸 공동작업실이다. 공간은 꽤 넓어서 여덟아홉 명이 작업실을 함께 쓴다. 한 사람이 책상 하나를 놓고 쓰는데, 나는 늦게 들어와서 문간에 있는 자리를 갖게 되었다. 위치 때문에 약간 접수원 책상에 앉아 있는 기분도 든다. 내 맞은편에는 시를 쓰는 친구의 책상이 있다. 그 친구와 내 책상 사이에는 소파도 있고 큰 테이블도 있고 난로도 있어서 생각보다 꽤 멀다. 그래서 우리는 가끔 일을 하다 얼굴을 보지 않고 허공에 하이파이브를 하기로 했다. 이건 좋아하는 미국 드라마 〈Office〉에서 나왔던 건데, 접수원 팸과 사무직원 짐이 동료 직원인 드와이트를 놀린 뒤에 둘이 몰래 즐기던 장난이었다. 내 책상 바로 옆에는 책장이 있다. 내 책은 아니고 이 공간을 먼저 쓰던 사람들이 가져다놓은 책들로 가득하다. 등단하려고 글을 쓰는 친구들도 있고, 글 쓰는 게 직업인 사람들도 있고 해서, 이곳의 분위기는 꽤 문학적이다. 나는 집에 혼자 있을 땐 춤도 추고 노래도 부르고 기타도 치고 하지만, 여기에서는 되도록 책상에 앉아 글을 쓰려고 한다. 내가 하는 작업 중에는 글만 진득이 써야 하는 것들도 꽤 있다.

대학교에 다닐 때도 공동작업실이 있었다. 지금 배드베드북스의 대표로 있는 김승일은 대학 때도 함께 작업실을 썼던 친구이다. 그때 작업실은 친구 네 명과 함께 쓰고 있었다. 나는 영화과를 다니면서 영화를 만드는 데 별다른 재미를 느끼지 못했었고, 일러스트레이터가 되려고 한창 그림을 많이 그릴 때였다. 하루종일 작업실에서 그림을 그리다, 저녁이 되어 친구들이 다 모이면 넷이서 포커를 쳤다. 작업실에는 커다란 책장이 몇 개 있었는데, 함께 작업실을 쓰던 친구들 각자가 가져온 책들과 어디선가 빌린 책, 훔친 책들로 가득했었다. 졸업을 하고 작업실을 빼게 되면서 짐을 어디 가져다 둘 데가 없어 대부분의 책과 집기를 그곳에 두고 왔었다. 집에 옮길 수 있는 짐만 챙겨 나오며 작업실을 돌아보니 집을 뺏긴

달팽이같이 서운한 기분이었다. 다른 것보다 그 방 때문에 졸업이 굉장히 아쉬웠다. 그 이후, 월세도 충당하기 빠듯한 생활에 작업실을 갖는 것은 한동안 꿈도 못 꿨었다. 그러다 작년, 망원동에 김승일이 공동작업실 배드베드북스를 연 것이다. 처음 이곳이 생길 때부터 여기에 올까 말까, 전처럼 친한 친구들이 아닌 사람들과 공동작업실을 쓴다는 게 좀 무서워서 오래 망설였다. 하지만 나도 서른이 되었고, 좀더 어른이니까, 이런 것도 해볼 수 있지 않을까? 하는 생각과, 정말 집에 있으면 아무것도 안 하기 때문에, 이번엔 정말 안 되겠다 결심을 하고 나온 것이다. 나는 할 수 있다. 나는 어른이다. 이제 새로운 생활을 시작한다.

열심히 하고 있었나?

대학 초년생 때부터 똑같은 수첩에다 메모를 해오고 있다. 그래서 똑같은 모양의 손바닥만한 검은색 몰스킨 수첩이 여러 권 있다. 매번 똑같은 수첩을 쓰기가 지겨워 중간에 크기를 바꿔보기도 하고, 내지가 줄무늬이거나 격자로 된 것으로 바꿔보기도 했었는데 결론은 역시 무지가 최고.

서른이 되었고, 딱히 서른이 되어 청소를 한 건 아니었다. 어쨌든 방 청소를 했다. 그러다 예전에 쓴 수첩들을 대량 발견했다. 며칠 동안 그것들을 가지고 다니며 이래저래 들춰보았다. 어느 수첩이든 맨 첫 장엔 내 이름과 연락처, 그리고 내가 수첩을 잃어버렸을 때 찾아주면 사례금을 얼마 주겠다는 메모가 적혀 있었다. 초기 수첩은 그 사례금이 2만 원 정도였는데, 어느 시기를 지나고부터는 사례금이 10만 원을 넘었다. 그만큼 나는 돈을 열심히 벌고 있었고, 메모의 소중함을 더 많이 깨달았다는 것을 알 수 있었다.

어느 수첩 맨 첫 장에는 이창동 감독의 사인이 있었다.

열여섯에 고등학교를 그만두고 다니던 화실에서 시키는 대로 미대 입시를 준비하다 실패한 뒤, 딱히 진로를 결정하지 못하고 빈둥거리다 영화 〈박하사탕〉을 보고 하루종일 방을 구르며 울었던 날이 있다. 그 이후 영화라는 것에 대해 심한 매력을 느꼈고, 단지 그 영화를 만든 감독이 교수로 있기 때문에 한국예술종합학교 영화과라는 데에 들어가고 싶었다. 부모님께 말도 안 하고 서류를 접수하고 혼자 입학시험을 보러 갔다. 시험 준비도 아무것도 하지 않고 단지 이창동 감독을 만나겠다는 생각으로 덜렁 실기시험을 보는데, 어떤 신문기사를 보고 뭘 추측해 '시놉시스'를 써내라는 문제가 나왔다. 나는 그 '시놉시스'라는 말을 거기서 처음 보았고, 조교에게 그 뜻을 물어보았다. 얼굴에 땀이 많았던 조교는 '시놉시스=줄거리'라고 풀어 설명해주었고 나는 그제야 문제를 풀수 있었다. 덜컥 1, 2차에 합격했을 땐 기쁘면서도 좀 무서웠다. 마지막으로 입시 면접을 볼 때, 나는 그 〈박하사탕〉 이야기를 가장 힘줘서 했다. 학교에 들어가면 꼭 이창동 감독님, 아니 선생님과 이야기도 나누고 사진도 같이 찍고 사인도 받으리라 결심했다. 하지만 입학하고 보니 생각보다 영화를 만드는 것에 재미를 붙이는 게 쉽지 않았고, 휴학과 복학을 반복하다 결국 5년이 지나서야 이창동 선생님의 연출 수업을 들을 수 있었다. 스물하나에 〈박하사탕〉을 보고 뒹굴며 울었다. 스물여섯에 그 영화를 만든 감독님 앞에 의자 하나를 꿰차고 앉는 데 참 오랜 시간이 걸렸다. 그래도 그 5년 동안 진로에 대한 혼란을 겪으며 영화를 만드는 것에 빠져들기 시작하는 참이었고, 그나마 그런 마음이 생긴 뒤에 그분의 수업을 듣게 된 게 다행이었다.

어느 날 수업이 끝난 뒤, 나는 그 수첩을 가지고 가 맨 앞 장에 사인을 해달라고 선생님께 부탁했다. 선생님은 잠시 동안 말없이 나를 쳐다보았는데 그것은 무언의 무안을 주려는 의도 같았다. 그러고는 우리 사이에 이러지 말자고 하시며 쓱 사인을 해주셨다. 말과는 달리 상냥하게도 사인과 함께 '열심히 해라!' 하고 멘트를 써주셔서 기뻤다. 느낌표가 있는 것이 더욱 좋았다.

오래된 수첩에서 그 사인을 발견했다. 마음이 울컥거렸다.
나는 '열심히 하고' 있었나?
지금 나는 무언가를 만드는 사람으로 살고 있기는 하지만, 더 열심히 한다 해도 그분처럼 '대감독'이 될 것 같진 않다. 왜 그런 생각이 들까? '대감독'이 되려면 머리 사이즈도 꽤 커야 한다는 무의식의 이미지가 나를 사로잡고 있어서인가? 그렇다면 나는 '무엇'은 될 것인가?

수화로 욕을 하고 싶어서

내 친구 보라의 부모님은 두 분 다 청각장애인이다. 보라는 평소 말할 때 남들보다 제스처가 다양하고 표정이 풍부한데, 그 이유는 부모님과 항상 수화로 대화하기 때문이었다. 이 사실을 알게 되었을 때, '수화'에 흥미가 생겼었다. 전엔 그저 손짓으로 말을 전달하는 것을 수화라고 생각했는데, 수화는 손짓과 표정이 한 세트로 된 언어임을 새롭게 알게 되었다. 예를 들어 '반갑다'는 말을 수화로 할 때, 단지 손의 모양만으론 청각장애인에게는 그 뜻이 전달되지 않고 오히려 오해를 살 수도 있었다. 표정으로 반갑고 기쁜 얼굴을 지어야 비로소 '반갑다'는 것이 수화로 전달되는 것이었다. 또한 수화를 할 땐 서로 눈을 바라보면서 이야기해야 했다. 수화를 한다고 손만 바라보면 안 된다는 것이 신기했다. 눈을 바라보고 있어도 시야가 넓기 때문에 당연히 손의 움직임도 보이는 것이거늘……. 그렇기 때문에 청각장애인은 시야가 넓고 눈치가 빠르다고도 한다.

작년 여성영화제에서 보라가 만든 다큐멘터리 영화 〈반짝이는 박수 소리〉가 상영되었을 때 기쁜 마음으로 찾아갔다. 영화가 끝나고 관객과의 대화 시간에 보라와 보라의 동생과 부모님이 함께 나와서 인사를 했다. 사회자는 보라의 부모님을 위해 관객들에게 수화로 박수를 쳐달라고 했다. 영화의 제목에도 나오듯이 박수는 수화로 두 손을 귀 양옆으로 올려 '반짝반짝'거리듯 손을 흔드는 것인데, 이미 영화에서 한차례 설명을 들었기 때문에 관객들 모두 그 방법을 알고 있었다. 그렇게 객석을 꽉 채운 사람들이 모두 수화로 박수를 치기 시작했다. (박수를 했다고 해야 하나?) 나는 두 손을 들어 반짝반짝 흔들면서도 극장 안이 너무 조용한 게 이상해 좌우를 돌아봤는데, 모두가 손을 반짝반짝 열심히 흔들고 있는 모습이 보였다. 그 순간, 이게 바로 보라 부모님의 세상이구나 하는 생각이 들었다. 갑자기 눈물이 펑펑 났다.

영화가 끝나고, 보라의 부모님께 인사를 드렸다. 알고 있는 수화가 없어서 기타 치는 시늉을 하고 보라를 가리키며 북을 치는 시늉을 했다. 우리가 예전에 같이 노래도 부르고 공연도 했다고, 그때 즐겁고 사이좋게 지냈었다는 얘기를 전달하고 싶었는데 그걸 전하기가 너무 어려웠다. 내가 수화로 '안녕하세요' '반갑습니다'조차 할 줄 모르는 게 왠지 부끄러웠다.

집에 돌아와 유튜브를 보며 수화를 조금 공부해봤다. 일본어를 처음 배울 때처럼 약간 희열이 있었다. 몇 가지 시스템을 외우고 반복하면 그 언어를 쓰는 새로운 사람과 '대화'를 할 수 있을 거라는 기대감으로 기분도 좋아졌다. 적어도 다음번에 보라의 부모님을 만나게 되면 '안녕하세요. 반갑습니다. 저는 이랑입니다. 보라의 친구입니다' 정도는 할 수 있을 것 같았다.

사실 나는 수화를 배우려는 목적이 따로 있었다. 사람이 많은 공연장에서 옆에 있는 친구에게 다른 사람 욕을 하고 싶기 때문이었다. 나는 욕을 많이 한다. 그냥 말에다가도 욕을 많이 섞고 다른 사람 욕도 많이 한다. 욕하는 게 재밌고 좋다. 나는 욕은 그냥 표현의 일부라고 생각하고 한다. 엄마 앞에서도 뭘 설명할 때 '존나'라는 말을 꽤 자주 쓴다.

나는 초등학교 5학년이 되면서 욕을 아주 잘하게 되었고 6학년 때는 뭐 아주 절정이었다. 심지어 명절 때 할머니 댁에 내려가서 친척들과 식사하다가 뜨거운 걸 쏟았을 때도 나는 '씨발'이라고 소리쳤다. 그때 큰아버지의 당황한 얼굴이 아직도 떠오른다. 우리 아빠는 아주 욕 대장이었다. 그 때문에 내가 욕을 잘하게 된 걸지도 모른다. 우리 아버지가 욕 대장이었기 때문에 우리 엄마도 욕 대장이 되었고, 차례로 우리 언니와 나 그리고 내 남동생까지 욕 대장들이 되었다. 결국 우리는 모두 욕 대장 가족이 되어버린 것이다. (이렇게나 가정교육이 중요하다.) 어릴 때 아버지가 욕을 하는 건 아주 무서웠었는데, 엄마도 욕을 하고 언니도 욕을 하니 점점 아무렇지 않아졌다. 그리고 으레 그렇듯이 중학생 정도 되면 친구 사이에 욕을 하는 게 친밀함을 표현하는 것이었으니까, 우리들의 대화의 절반 이상이 욕이었다.

그리고 나는 삼십대가 되어서도, 끊임없이 욕을 한다. 욕은 그냥 표현의 수단이라고 생각하면서 계속 욕을 한다. 하지만 욕을 하면 안 되는 상황들이 있기 마련이다. 아니, 욕을 하면 안 되는 상황이 아니라 욕을 해도 안 들리는 상황이 있다. 일테면 아주 시끄러운 공연장이라든지 말이다. 아니면 주변에 아는 사람이 너무 많은 상황이라든지…….

그래서 나는 수화로 욕을 하면 어떨까 생각했고 공부를 시작해보았다. 우선 자음 모음부터, 그리고 인사하기, 감사하기. 헌데, 이게 나만 해서는 되는 게 아니었다. 내가 수화로 욕을 하고 있어도 옆의 사람이 못 알아들으면 이게 아무 소용이 없지 않은가. 주변 친구들에게 같이 수화를 공부하자고 꾀어보았지만, 모두들 바쁘게 사는 어른들이라 잘되지 않았다. 친구에게 몇 가지 가르쳐주었지만 역시 잘되지 않았다.
나는 여전히 시끄러운 공연장에서 어떻게 효과적으로 욕을
할지 고민중이다.

니가 뭔데 ◆

어떤 남자애를 좋아하게 됐었다. 나는 남자친구가 있었고 알고 보니 그애도 여자친구가 있었다. 내가 그 남자애를 좋아하게 되었을 때 나는 외국에 있었다. 그애는 일본인이었다.

내 친구들의 친구여서, 결국 나와도 친구가 된 그애는 어떻게 알았는지 내가 도쿄에 도착했을 때 내가 있는 공연장에 찾아왔었다. 그리고 선물이 한가득 들어 있는 가방을 내게 주었다. 가방까지 모두 선물이었다. 나는 그게 귀여워서 그애의 머리를 쓰다듬었다. 그애는 답례하듯 내 머리를 쓰다듬었다. 그게 귀엽다고 생각했고 딱히 별다른 건 없었다. 선물 가방 안에는 만화책과 시디와 과자, 녹차와 스티커, 배지 등과 그애가 기획한 공연의 초대권 두 장이 들어 있었다. 그래서 나는 며칠 뒤 예쁜 옷을 입고 그애가 기획했다는 공연을 보

◆ 지드래곤의 2집 앨범 [쿠데타]의 수록곡.
이 당시 내가 가장 많이 들었던 노래.

러 갔다. 거기는 지하의 커다란 클럽이었다. 레슬링 하는 데
처럼 꾸며진 무대 위에서 인디밴드들이 연주를 했다. 한쪽
에서 귀에 이어폰을 걸치고 바쁜 듯 뛰어다니는 그애를 봤는
데, 그날은 이상하게 전혀 귀엽지가 않았다. 그애는 갑자기
몇 살은 더 먹은 듯 아주 어른스러워보였다.

갑자기 어른스러워 보이는 게 멋있었다. 그래서 나는 다음날
예정되어 있던 서울로 돌아가는 비행기표를 버리고 그애가
일하는 걸 또 보러 갔다. 그날 그애는 바에서 일을 하고 있었
다. 왜인지 그애는 일을 하고 있을 때면 아주 차분하고 의젓
했다. 손놀림도 능숙하고, 그걸 보고만 있어도 기분이 좋아
졌다. 일하지 않을 때 그애는 그냥 흔한 어린애 같았다. 스물
넷이었고, 때론 시끄럽고 부산스러웠다. 나는 그애가 일하는
걸 좀더 오래 보고 싶어서 비행기표를 취소했는데 그애는 다
음날부터 지방에 가야 한다고 했다. 그렇게 나는 다시 서울
로 돌아왔다.

우리는 지나치게 가끔 연락을 했고 그동안 나는 그애를 생각
하며 노래를 하나 만들었다. 그 노래는 저절로 만들어졌다.
어느 날 아침, 반쯤 갠 상태로 침대에 누워 있던 나는 그애의
이름을 반복해서 부르기 시작했다. 그것 그대로 하나의 노래
같았다. 그애의 이름은 이전에 한 번도 들어보지 못했던 외

국어였고 나는 뜻도 모르는 그 이름을 반복해서 부르며 그 이름이 노래 같다고 생각했다.

이후 그애와 다시 만날 때까지 6개월이 지났다. 도쿄에서 다시 만났을 때, 많은 친구들의 친구인 우리는 단둘이서만 있을 기회가 없었다. 여전히 나는 남자친구가 있었고 그애도 여전히 여자친구가 있었다. 모두가 아침까지 술을 마시고 놀다 결국 첫차를 타게 된 날이었다. 친구 집에서 역까지 아주 짧게나마 둘이서만 걸을 시간이 있었다. 나는 졸리고 술에 취해, 내가 만들어둔 그 노래를 들려줘야 한다는 것도 까먹고 있었다. 헤어져야 하는 신주쿠 역에 다다르자 갑자기 그 노래 생각이 났다. 나는 그애를 위해 만든 노래가 있다는 이야기를 했고, 그애가 당장 들어보고 싶다고 해서 신주쿠 역 밖으로 함께 나왔다.

딱히 갈 곳을 찾을 수 없는 애매한 시간이라 결국 맥도날드에 들어갔다. 맥도날드 매장에서는 마이클 잭슨의 노래가 나오고 있었다. 전혀 낭만적일 것도 없는 맥도날드 이층에 마주앉아, 나는 커피를 마시고 그애는 이어폰을 꽂고 내가 만든 노래를 들었다. 한국어 가사는 전혀 이해할 수 없었을 테지만 노래 안에 자기의 이름이 무수히 나오고 있었기 때문에 그애는 부끄럽다고 머리를 북북 긁으며 들었다. 그 순간에도 그는 마냥 어린애 같았고, 노래를 다 듣고 나서도 서로 별 얘기 없이 잠깐 마주보고 앉아 있었던 게 다였지만 나는 그날 이 세상에서 가장 빛나는 순간 같았다. 조금 있다 우리는 다시 지하철을 타러 신주쿠 역으로 내려갔고, 개찰구 앞에서 헤어지기 전에 딱 한 번 포옹했다.

그리고 서울에 돌아와 그애의 이름을 노래에서 지웠다.

나머지 열세 명은
그다지 좋아하지 않았다

송은 내가 열일곱 살에 처음 사귄 남자친구다.

처음 연애라는 것을 시작한 뒤, 나는 내가 누군가를 좋아하고 그 사람과 친밀한 관계가 될 수 있다는 사실 자체에 아주 놀랐다. 그래서 그 관계에 엄청난 집착을 했고 그래서 아주 많이 사랑한다고 말하고, 아주 많이 싸웠다. 첫 남자친구가 열 살 연상이었기 때문에 그는 아마 나를 많이 챙겨주고 아껴주려고 노력했던 것 같다. 그래서 내가 하는 괴상한 집착과 사랑도 최대한 많이 받아주려고 했었다. 첫 연인이었고 내가 많이 어렸기 때문에 그는 나의 롤모델이었고 유일한 가족이라고 생각했다. 나는 그가 되고 싶었던 것 같다. 그가 좋아하는 것을 다 좋아하려고 애를 썼다. 그래서 나는 그가 보는 만화책을 전부 보고, 그가 하는 게임을 따라 하고, 그가 보는 드라마를 챙겨 봤다. 그가 듣는 음악을 듣고 영화를 보고 그의 회사에 따라갔다. 그가 담배를 피워서 담배도 따라 피우기 시작했다. 하지만 그가 좋아하지 않는 것들도 좋아하게 되고, 심지어 그가 싫어하는 것들을 좋아하게 되면서 결국 우리는 헤어지게 되었다. 사실 내가 먼저 헤어지자고 했으면서도 나는 내 인생에서 처음으로 맺은 타인과의 아주 친밀한 관계가 끝날 수 있다는 것에 충격을 많이 받았다. 그 충격은 지금까지도 계속되고 있다.

감은 대학교 2학년 때 사귄 남자친구다.

왜인지 그전까지는 연상의 남자들을 많이 사귀었는데, 이 친구는 처음으로 사귄 동갑내기라 그 점이 매우 신선했다. 동갑내기여서 나는 이 친구가 아주 우스웠다. 너무 애 같았다. 하지만 그 점이 예뻤기 때문에 아주 많이 사랑했다. 이 친구는 나에게 많이 의지했고 나도 물론 그를 옆에 항상 두려고 했었는데 그 시기가 잘 맞아떨어질 때에는 둘도 없이 행복했었다. 반대로 이 친구가 의지할 다른 친구가 생겼을 때 우리는 많이 싸우기 시작했고 결국 그렇게 헤어지게 되었다. 헤어지게 되었을 때, 나는 내 자식이 죽은 것처럼 많이 울었다. 너무너무 많이 울어서 죽는 줄 알았다. 나는 아주 깜깜한 숲속에 들어가서 울었다. 거기서 울면 그 친구가 나를 찾으러 올 것 같은 기분이었다.
하지만 죽은 자식은 다시는 내 품으로 돌아오지 않았다.

조는 내가 생각했을 때 내가 가장 예쁘고 잘나갔다고 생각하는 스물여섯에 만난 남자친구다.

우리는 함께 밴드를 했다. 나는 같이 밴드를 하려고 이 사람을 섭외했는데, 이 사람은 내 음악보다 나에게 관심이 있어서 합류했다. 그래서 당연히 연습이 끝나거나 하면 같이 밥을 먹고 차를 마셨고 손도 잡고 동물원도 갔다. 나는 금방 사랑에 빠져서 100일 정도 지났을 때 결혼해달라고 말했는데, 이 말에 그는 너무 깜짝 놀라 했다. 하지만 나는 그날부터 그와 결혼하게 될 날을 세기 시작했다.

그는 동화책에 나오는 주인공 같았다. 안데르센 동화 〈공주와 완두콩〉에 나오는 공주는 수십 개의 매트리스와 담요 밑에 있는 작은 콩 한 알이 불편해서 밤새 잠을 설치고 투덜댄다. 나를 만나기 전 29년을 자기 리듬대로 살아온 그 또한 우리집 침대와 이불이 불편해 내가 잠이 들면 차를 타고 자기 집으로 돌아갔다. 그가 현관문을 닫는 소리에 나는 종종 잠이 깨서 아침까지 그대로 깨어 있곤 했다. 매일 밤 돌아가는 완두콩 공주, 아니 왕자를 그리워하다가 외로워서 죽을 것 같았다. 나는 오래된 친구를 만나, 외로워서 죽을 것 같다고 징징 울었고, 나의 안위를 걱정해 함께 살아주기로 한 친구 둘과 넓고 새로운 집으로 이사했다. 완두콩 왕자가 없어도

꽤 외롭지 않게 되어 다행이었지만 왠지 그에게 분한 마음이
들었다. 나는 여전히 결혼할 날짜를 세고 있었는데 그걸 셀
때마다 또 분한 마음이 들었다. 그도 나와 결혼할 날짜를 세
고 있다고 말했는데 그가 세는 날짜와 내가 세는 날짜의 차
이가 아주 많이 나는 것 같았다. 그는 언제나 불만에 가득찬
나를 '뚱이'라고 불렀다. 그에게 뚱한 얼굴을 많이 지어 보였
다. 나는 어느새 뚱한 얼굴로 혼자 잠이 드는 것에도 익숙해
졌고, 룸메이트들과의 생활도 익숙해져 그에게 점점 신경을
덜 쓰게 되었다. 그렇게 나는 혼자가 되는 것에도 익숙해져
서 그의 여자친구가 아니어도 편한 생활을 할 수 있게 되었다.
오히려 그가 우리집에 놀러오면 내가 불편해했다. 그렇게 내
가 스물아홉의 완두콩 공주가 되어서 우리는 헤어졌다.

위의 세 사람을 제외한 나머지 애인들은 내가 그닥 좋아하지
않았다.

시원하게

샤워하면서 거품을 내다가 몽골에서 처음 묵었던 아주 싸고 낡은 호텔 생각이 났다. 호텔 화장실 거울 앞에서 나와 내가 사귀던 애는 신이 나서 그 당시 TV에서 본, 피부가 상하지 않게 세안하는 거품 세안법을 실천하고 있었다. 거품을 내는 데 시간과 공을 많이 들여서 아주 부드럽고 고운 거품을 낸 뒤, 부드럽게 피부를 달래듯 세안하는 아기 피부 세안법이었다. 두 사람이 거울 앞에 서서 열심히 부드러운 거품을 내고 있는데 그 모습이 아주 귀엽고 이뻤다. 행복했다. 그 호텔은 매트리스가 아주 저질이었기 때문에 섹스를 한 다음 잠을 자고 아침에 일어났을 땐 온몸이 두드려 맞은 것처럼 아팠다.

우리는 사이가 아주 안 좋은 커플이었다. 사귄 지 2년째에 접어들고 있었다. 사이가 안 좋은데 그애가 혼자 몽골로 여행을 간다고 해서 너무 불안했다. 나는 아빠에게 100만 원만 달라고 졸라서 그애를 따라나섰다. 보름의 일정으로 떠났고, 나는 계획 없이 무작정 그애를 따라다녔다. 그애가 가고 싶어 하는 호수를 목적지로 하는 열흘짜리 투어를 신청했다. 승

164

차감이 엄청 안 좋은 8인승 밴에 몽골인 가이드와 운전수, 프랑스인 커플, 대만계 미국인 여자아이, 그리고 우리 둘이 타고 매일매일 여덟 시간을 달렸다. 호수로 가는 길은 아주 멀고 험했고, 낮에는 너무 덥고 밤에는 너무 추웠다. 나는 몸살에 자주 걸렸고, 심한 변비에 걸려 똥을 못 쌌다. 지금은 잘 먹는 양고기를 그때는 못 먹어서 끼니때마다 아주 힘들었다. 똥을 못 싸고, 하루이틀…… 결국 일주일이 지나자 나의 변비는 우리 팀 모두의 문제가 되었다. 사람들은 나에게 계속 요구르트를 먹였고, 나는 매일 뜀뛰기를 했다. 결국 8일째 되는 날, 엄청난 고통 속에 똥을 쌌다. 세상에서 제일 시원한 순간이었다.

강렬한 해방감을 느끼면서도 동시에 답답한 마음이 들었다. 모든 게 시원해야 되는데, 사귀는 애 얼굴을 보면 뭔가 묵직한 게 느껴졌다. 나는 왜 이렇게 불안에 떨면서 이 아이를 쫓아다니고 있는 걸까.

비가 왔다가 개고, 지평선 끝에 쌍무지개가 뜨자, 그 아이와 대만계 미국인 여자아이는 각자의 카메라를 들고 가열차게 뛰쳐나갔다. 나는 그 아이의 이름을 부르며 뒤를 쫓아가다가 멈춰 섰다. 그 아이가 지평선 끝으로 멀리멀리 가버렸으면 좋겠다고 생각했다. 시원하게.

가짜로 웃었다

아빠를 많이 미워하는 건 도대체 무엇 때문일까.

첫번째, 아빠는 바람을 많이 피웠다.
하지만 나도 어른이 되고 또 바람도 몇 번 피워보고 나니, 바람피우는 게 '아이고! 바람피워야겠다!' 하면서 생기는 일은 아님을 알게 되었고, 그래서 딱히 바람피우는 사람에 대해 안 좋은 감정도 갖지 않게 되었다. 그러니까 지금에 와서 아빠를 계속 미워할 이유는 없는 것이다.

두번째, 아빠는 나와 놀아주지 않았다.
나는 고양이를 키우는데, 내가 뭔가에 정신이 팔려 있을 땐 (이를테면 바람피우는 상대가 생겼다든지) 고양이를 며칠씩 방치해두곤 했다. 다행히도 또 무사히도 고양이는 아직까지 튼튼하게 잘 살아 있지만, 만약 내가 방치했을 때마다 고양이가 심각하게 아프거나 했다면 나는 죄책감을 아주 많이 느꼈을 것이다. 우리 아빠도 집에 잘 들어오지 않고 딱히 나와 놀아주지 않았어도 내가 살아 있기 때문에 그랬던 게 아닐까?

세번째, 아빠는 소리를 잘 지르고 화를 많이 내고 내가 울면 특히 더 그랬다.

이건 확실한 아빠의 잘못이다. 애니까 울고 그러지, 그럴 때 어른이 왜 소리를 지르나. 그런데, 또 생각해보면 매일매일 돈 벌어오느라 지치고 힘든데 애가 밤에 울고 자빠져 있으면 짜증이 날 수도 있었을 것 같기는 하다. 바로 그래서 내가 애를 낳고 싶지가 않은 것이다. 그럴 때 나는 분명히 짜증이 날 것이다. 짜증이 나서 소리를 지를지 안 지를지는 모르겠으나, 지를 확률이 높기 때문에 내가 애를 안 낳을 것임이 분명하다. 어릴 때부터 내가 우는 것을 못 견뎌 하는 걸 알았기 때문에, 나는 아빠 앞에서 되도록 웃으려고 노력했다. 혹시 아빠가 내 어릴 적 웃음을 기억한다면 그건 아마 나의 거짓 웃음이었을 것이다.

네번째, 아빠는 엄마에게 잘해주지 않았다.

나는 어릴 때 이 질문을 수도 없이 받았다. '너 아빠랑 살래, 엄마랑 살래?' 처음 이 질문을 받았을 때, 그것은 어린 나에게 너무나 큰 고통이고 두려움이었다. 그것을 생각하는 것 자체가 너무 큰 떨림이어서 심장에 무리가 갈 정도였다. 나는 머릿속으로 수많은 경우의 수를 떠올리며 어떻게 이 질문에 대답을 해야 할지 고민했다. 그래서 어떤 땐 '아빠'를 고르기도 하고, 다른 날은 '엄마'를 골라보기도 했다. 매번 누구를 고를지, 내 작은 머리로 온갖 수를 떠올리고 고민을 했다. 하지만 결국 어느 쪽을 골라도 결국 그 일이 성사되지 않고, 때론 어느 쪽을 골랐기 때문에 더한 후폭풍이 생긴다는 것을 알게 되었다. 결국 나는 그 질문을 하는 사람이 바보라고 생각하게 되었다. 그래서 나는 아빠가 미워졌다. 아빠는 엄마에게 잘해주지 않았다. 아빠는 어느 날 엄마와 싸우다 엄마의 목을 졸라 멍들게 하기도 했다. 나는 아빠가 정말 사람같지 않다고 생각했었다.

그렇다면 나는 왜 엄마는 미워하지 않는 것일까?
난 엄마한테 정말 셀 수도 없이 많이 맞았었는데 말이다. 그래도 엄마는 왠지 좋았다. 엄마는 웃는 게 예뻤다. 나는 아주 어릴 때 엄마가 웃는 걸 너무너무 좋아해서, 엄마가 자려고 누웠을 때도 엄마의 얼굴 근처에 앉아서 '웃어보라'고 많이 시켰다. 나는 엄마가 립스틱을 바르고 웃을 때가 가장 예쁘다고 생각했었다. 밤이 되면 엄마는 우리에게 자장가를 지어 불러줬다. 엄마는 공주 그림을 그려줬다. 엄마는 내가 학교에 다니고 싶지 않다고 할 때 나를 달래주려고 매 주말마다 함께 짧은 여행을 다녀췄다. 무엇보다 엄마는 내가 운다고 화를 내지 않았다.

보고 싶어서 그랬다

열일곱에 첫 연인을 사귀었을 때, 나는 내가 어떤 사람과 친밀한 관계가 되는 것을 내가 '선택'할 수 있다는 점이 가장 기뻤다. 그래서 나는 그와 되도록이면 떨어지지 않으려고 노력했다. 나는 (이십대 후반이었던) 그가 일하는 회사에 찾아가 그가 일을 마칠 때까지 기다렸다. 그가 야근을 하면 나는 그 옆에 돗자리를 깔고 잤다. 회사에서 야근을 하던 사람들이 야식을 먹으러 가면 자다 일어나 따라갔다. 회사에서 엠티를 가면 또 당연한 듯 따라갔다. 이제 생각해보니 나는 정말 미친 십대였다. 그런 나에게 싫은 소리를 한마디도 안 했던 그 회사 사람들도 아마 꽤 미쳤었던 것 같다.

첫 연인과 헤어지고 나서 두번째 연인을 사귀게 된 뒤, 역시 그가 일하는 데에 찾아갔다. 그의 책상 옆에서 몇 시간 동안 만화책을 봤는데 바로 다른 동료들에게서 불평을 들었고, 그 날 이후 다시는 그 회사에 찾아가지 않았다. 나는 그때 큰 충격을 받았다. 그게 그렇게 하면 안 되는 일인 줄 정말 몰랐다.

어릴 때 나는 유치원에 빨리 들어갔다. 정식으로 들어갔다기보다 언니를 따라 무작정 들어간 것이었다. 그 당시에는 모두들 초등학교 입학 3년 전부터 유치원에 갔다. 그러니까 다섯 살 때부터였다. 다섯 살은 꽃반, 여섯 살은 노랑나비반, 일곱 살은 호랑나비반에 다녔다. 내가 집착하던 대상인 언니가 유치원에 입학했고, 나는 그곳에 따라갈 수 없다는 사실에 너무 충격을 받았다. 그래서 매일 아침 언니가 유치원 버스를 탈 때마다 경기를 일으키며 울었다. 매일 아침 그런 일이 반복되고 나의 충격이 사그라들지 않자 결국 유치원 선생님이 나까지 버스에 태워주었다. 그렇게 언니를 따라 유치원에 갔다. 우리 언니와 다른 언니, 오빠들이 유치원에서 공부를 할 때 나는 그냥 유치원에 있었다. 꽃반에도 못 들어갈 나이였기 때문에 나는 그냥 언니 옆에 있었다. 나는 언니가 없으면 죽을 것만 같았다.

매일 늦었다

나는 나만의 룰을 갖고 있었다. 유치원에 다니기 시작하면서부터였다. 유치원 등교 시간은 아마 아침 여덟시였던 것 같다. 하지만 〈TV유치원〉의 시작 시간도 딱 그 시간이었다. 나는 그때 지각이 뭔지 몰랐고 〈TV유치원〉을 꼭 봐야 했기 때문에 다른 애들이 유치원 버스에 탑승할 때 집에서 TV를 봤다. 아홉시에 〈TV유치원〉이 끝나면 그제서 집에서 나와 혼자 걸어서 유치원에 갔다. 나는 유치원에 다니는 내내 그렇게 했는데, 왜 내가 매일 지각을 하는지에 대해 엄마도 유치원 선생님도 아무도 뭐라고 하질 않았던 것 같다. (하지만 그건 아니었을 거다. 아마도.)

나는 매일 혼자서 유치원에 걸어갔고 내가 유치원에 도착하면 다른 아이들은 수업중이었다. 나는 신발을 갈아 신고 수업중인 교실에 쓱쓱 들어가 아무데나 앉았다. 아무도 나에게 '늦었다'고 말하는 사람이 없었다.

하루는 유치원에 도착하니 아무도 없고 원장선생님만 있었다. 모두 현장학습 따위를 간 것 같았다. 원장선생님은 늦게 온 나를 데리고 가까운 곳에 있는 목욕탕에 데리고 갔다. 나는 옷을 입은 채로 그곳에 들어갔고, 욕탕에서는 남자아이들과 여자아이들이 함께 목욕을 하고 있었다. 정말이다. 그 모습을 보고 기겁한 나는 유치원으로 돌아가겠다고 말했다. 결국 원장선생님은 텅 빈 유치원에 나를 다시 데려다주었다. 몇 시간 혼자 놀고 있으니 목욕을 마친 아이들이 돌아왔다. 남자애들이 스케치북에 여자애들의 성기가 이렇게 생겼다며 그려댔다. 나는 그 모습을 보며 잘 모르겠지만 괴상한 일이라고 생각했다. 그리고 내가 그날 늦게 온 것이 얼마나 다행인지를 생각했다. 나만의 룰을 갖고 있다는 것이 얼마나 훌륭한 일인지를 생각했다.

행복하고 싶었다

초등학교에 다니게 되면서 가장 힘들었던 점.

그 첫번째는 매일 아침 엄마와 헤어지는 것이었다. 유치원을 다니며 언니에 대한 집착은 조금씩 사라졌지만 엄마에 대한 사랑은 멈추지 않았다. 나는 아침마다 엄마 때문에 울었다. 두번째로는 아침에 일어나는 게 너무 싫었다. 비가 오는 날이나 겨울에 특히 그랬다.

도대체, 왜, 나는 매일, 아침, 일어나야만, 하는 걸까.

고등학교에 입학하던 해, 드디어 나는 '자퇴'라는 것에 대해 알게 되었다. 나의 선택으로 학교에 다녀도 되고 안 다녀도 되는 것을 알게 되었을 때 너무 기뻤다. 당연히 나는 자퇴를 하기로 선택했고, 드디어 매일 아침 일찍 일어나지 않게 되었다. 물론 자퇴를 하기까지 아빠에게 몇 차례 싸대기를 맞아야 했지만 말이다. 하지만 그것을 감내하고서라도 매일 아침 일찍 일어나지 않아도 되는 것이 너무 행복했다. 원하는 시간에 도서관에 가서 원하는 만큼 책을 읽고, 배가 고플 때

밥을 먹고, 수영을 하고 싶을 때 수영장에 갈 수 있는 삶이 너무 행복했다. 나는 SF 소설을 원하는 만큼 읽었고, 판타지 소설을 읽었고, 근대문학과 현대문학 그리고 다양한 정보서적을 읽었다. 아주 쓸데없어 보이는 책들도 원하는 만큼 읽었다.

아빠가 자퇴를 너무너무 반대했기 때문에, 이미 자퇴서를 내놓고도 한동안 나는 학교에 다니는 척을 했다. 아침에 일어나 교복을 입고 일하러 나가는 아빠에게 인사를 했다. 그러고는 다시 교복을 벗고 더 자다가 도서관에 가곤 했다. 결국 금방 들통이 났고 더욱 화가 난 아빠는 3개월 동안 가출을 했다. 나는 그래도 행복했다.

그나저나 3개월 동안 가출했던 아빠는 대체 어디에서 무엇을 하고 있었을까?

분했다

두 살 터울의 남동생이 장애를 가지고 태어난 순간부터 나는 엄마의 보살핌의 뒤안길로 사라져야 했다. 동생이 태어나자마자 나와 언니는 외갓집에 맡겨졌다. 동생은 엄마의 자궁에서 나오자마자 큰 수술과 회복을 앞두고 있었고 그 시간 동안 외할머니는 나를 배불리 먹이고 길러서, 후에 나와 언니를 데리러 온 엄마는 나를 '밤벌레'처럼 통통했다고 기억한다.

동생이 학교에 다니기 시작하면서 엄마는 매년 동생의 담임들을 찾아뵙고 이것저것 부탁하느라 너무 바빴다. 동생이 특수학교가 아닌 일반 학교에서 졸업할 수 있도록 엄마는 모든 힘을 쏟아부었다. 내가 시험에서 만점을 맞아 선생님이 축하의 의미로 짜장면을 사주셔도, 글짓기 대회에서 최우수상을 받아도, 그 때문에 지역 대회에 나가도록 권유받았을 때도 엄마는 나를 축하해줄 시간이 없었다. 다른 반 선생님들도 복도에서 나를 만나면 '글짓기 잘하는 애'라고 불렀다. 하지만 글짓기 대회에 나가야 하는 날, 나는 집에 있어야 했다. 엄마는 동생과 함께 병원에 갔다.

떼를 써본 적이 없었다. 나 좀 돌봐달라고, 나 좀 봐달라고. 다행히 한 번도 왕따를 당한 적이 없었다. 키가 부쩍 크기 시작한 중학교 2학년 이전까지는 언제나 앞줄의 꼬꼬마였었는데도, 나는 언제나 당당했다. 친구들과도 재미있게 지냈고, 연애편지도 많이 받았다. 나와 결혼을 약속한 남자애들도 꽤 있었다.

6학년 때, 처음으로 큰 좌절을 겪었다.

나는 잘나가던 학교생활의 정점을 찍기 위해 모두의 선망이었던 방송반 시험을 봤다. 나는 내가 가진 옷 중에 가장 깔끔한 옷을 입고 시험을 봤다. 다섯 명만을 뽑는 방송반 시험 결과는 방과후에 나왔고, 뽑힌 아이들은 모두 엄마들이 학교에 자주 오는 아이들이었다. 선생님은 미안해하며 너무나 아쉽게 내가 6등으로 떨어졌다고 이야기했다. 나는 그게 거짓말이라는 것을 알았다. 처음으로 내 힘만으로는 안 되는 일이 있다는 것을 알았다. 뽑힌 아이들 다섯 명이 전혀 실력이 출중했던 경쟁자들이 아니라서 더욱 분했다. 나는 모두가 하교하고 난 뒤 복도에 주저앉아 계단 난간을 붙잡고 꽤 오랜 시간을 울었다. 바닥이 너무 차갑고 학교가 너무 조용해서 더욱 분했다.

집으로 돌아가는 길에 부서져 떨어진 물체들이 보이면 주웠다. 깨진 유리, 부러진 배지……. 어쨌든 어디서 떨어져나온 것 같아 보이는 건 죄다 주워모았다. 책상 서랍 안쪽에 하나씩 모아두었다. 나는 그 조각들에 스토리텔링을 했다. 이 조각들을 가지고 있으면 나의 진짜 부모가 나타나 나머지 조각을 보여주며, 잃어버렸던 소중한 자녀인 나를 찾을 수 있게 될 것이라고 생각했다. 스스로 참을 수 없을 정도로 억울하고 분한 일이 생기면 엄마가 책상 위에 깔아준 유리의 0.5미리 두께의 단면에 연필로 날짜를 적었다. 나는 이 날짜를 평생 기억하고 있다가 나중에 어른이 되면 하나하나 되갚아줄 것이라고 다짐, 또 다짐을 했다.

억울한 일은 학년이 올라갈수록 더 많이 생겼다.
그리고 언제부턴가 내 책상에 깔려 있던 유리는 어딘가로 사라져 없어졌다. 깨진 조각들을 맞춰보자며 나를 찾아온 사람은 없었다.

나는 언제나 엄마의 딸이었고, 동생은 항상 아팠다.

던지고 소리치면 괜찮아질까

콘서트장에 가면 언제나 느끼는 위화감이 있다. 그것은 교회에 갔을 때 느끼는 위화감과도 닮아 있는 것 같다. (교회에 가본 적은 한 번도 없지만 말이다.)

대만 가오슝에서 열리는 메가포트 페스티벌에 갔을 때, 친구들을 따라 유명하고 오래된 밴드의 공연을 보았다. 한국으로 치면 '김창완 밴드'급의 유명한 아저씨 밴드였다. 친구가 설명하기를 이 밴드는 공연중에 관객들이 쓰레기를 무대로 던지는 게 일종의 의식이라고 했다. 정말로 공연이 시작되자 무대로 갖가지 쓰레기가 날아들었다. 객석에는 이천 명 정도의 관객이 있었는데, 미리 들어와 앞쪽에 자리한 팬들은 그야말로 쓰레기를 던지러 온 것이 목적인 듯 가열차게 쓰레기를 집어던졌다. 그들이 던지는 두루마리 휴지와 빈 페트병, 가짜 돈, 때때로 커다란 종이박스들은 연주하고 노래하는 밴드의 머리나 몸 때때로는 악기에도 맞았고, 그럴 때면 관객들은 더욱 신이나 소리를 질렀다. 공연이 끝날 때까지 쓰레기는 끝없이 날아들었고 보컬은 빈 페트병에 머리를 맞으면서 노래를 불렀다. 나는 이 광경이 꽤 무서웠다. 굿판을 보고 있는 것 같았다.

샤이니의 콘서트에 딱 한 번 가본 적이 있다. 지인에게 초대권을 받았는데 내가 받은 자리는 팬들 사이에서 '하나님석'이라고 불리는 곳이었다. 무대에서 가장 멀리 떨어진 이층 꼭대기 좌석으로, 하나님처럼 멀리서 보게 된다고 그렇게 불리고 있었다. 그 이름에 걸맞게 좀처럼 콘서트의 분위기에 쉽게 동화되지 않기로도 유명한 자리였다. 하지만 나 외에 하나님석에 앉아 있는 다른 사람들은 시작 전부터 꽤 동화된 분위기였다. 내 뒤에 앉은 한 여성분은 샤이니가 등장하기 전부터 괴성을 지르고 있었는데 이미 목이 다 쉬어 있었다. 그 여성분의 괴성이 어찌나 크고 굉장했는지 옆에 앉은 학생들까지 눈살을 찌푸리며 계속 쳐다봤다. 물론 그분은 그런 시선을 전혀 신경쓰지 않았지만 말이다.

하나님석에 앉아 두 시간 정도 되는 콘서트를 지켜보고 앙코르까지 마친 샤이니가 무대에서 마지막 인사를 할 때, 내 앞자리에서 혼자 앉아 있던 여성분이 일어나 울면서 손을 흔들며 그들에게 인사를 하는 걸 봤다. 눈물이 범벅된 얼굴로 '고

마워!'라고 몇 번이나 외치고 있었다. 순간 그분이 평소에 느꼈을 외로움이나 삶의 무게가 전해지는 것 같았다. 내 멋대로의 생각이지만 그분의 일상이 항상 슬플 것만 같이 느껴졌다. 그런 그녀에게 샤이니의 음악과 춤은 어느 정도나 위로가 되고 있는 걸까? 비록 좋은 자리를 구하지 못해 하나님 석에서 보게 되었겠지만, 그래도 그녀의 슬픔은 저멀리 면봉처럼 보이는 다섯 명의 청년들에게 충분한 위로를 받고 있는 것 같았다.

대만에서 무대로 쓰레기를 던지는 사람들과, 샤이니에게 고맙다고 외치며 울고 있던 그 여자. 그들 모두의 슬픈 마음과 그들이 콘서트장 안에서 받는 위로를 조금 이해할 수 있을 것 같았다. 하지만 나는 여전히 팔짱 낀 방관자, 하나님석의 방관자였다. 나도 위로를 받고 싶었고 쓰레기를 던지거나 무대로 함성을 보내는 것으로 위로를 받을 수 있는 사람들이 좀 부러웠다.

나는 어디에서 위로를 받을 수 있을까?

그럼에도 불구하고

지금부터 내가 인류에게 느끼는 감정에 대해 설명해보겠다. 이것은 내가 나에게 느끼는 감정이라고 볼 수도 있다.

첫번째는 슬픔이다.

나는 인간이 아주 슬픈 존재라고 생각한다. 왜냐하면 우리는 모두 죽기 때문이다. 태어난 순간부터 죽음을 향해서 살아가야 하기 때문이다. 나는 그 사실을 받아들이려고 하면서도 아주 끔찍하게 싫어한다. 죽을 것이기 때문에 받는 제약이 너무나 많다. 나는 평소에도 '한 우물만 파라'는 말을 자주 듣는데, 그 이유가 왜인지도 잘 알고 있다. 어차피 살면서 할 수 있는 일이 많지 않고 한 가지만 열심히 해도 그 업적을 남기기가 쉽지 않기 때문이다. 내가 한 우물만 파고 싶어하지 않는 이유는 내가 죽을 것임을 아직 받아들이지 않고 있어서일 수도 있다.

둘째는 놀라움이다.

그럼에도 불구하고 인간은 엄청나게 멋진 생물이다. 살면서 할 수 있는 일이 그렇게 많지도 않고, 살아 있는 시간이 거북이나 나무에 비해 그렇게 길지도 않은 데 비해서, 살아 있는 동안 인간은 엄청난 것들을 생각하고 만들어낸다. 나는 평소에도 가만히 이런저런 잡생각을 아주 많이 하는데, 이를테면 '도대체 누가 유리를 만들었을까?' '누가 베개를 만들었을까?' 하는 것이다. 음식을 먹을 때 특히 이런 생각을 아주 많이 한다. '치즈는 누가 만들었을까?' '베이컨은 누가 만들었을까?' '된장은 누가 만들었을까?' 토마토는 그냥 먹을 때보다 구워서 먹으면 더 맛이 있는데, 이 '굽는다'는 행위를 발견한 사람 또한 대단한 사람이다. 구운 토마토를 먹을 때마다 처음 생각한 그 사람이 누구든지 매번 감사하다. 뷔페를 만든 사람은 좀 싫다. 얼마나 게으르고 욕심이 많은 사람이기에 뷔페를 생각해낸 걸까. 그 사람은 도대체 한끼에 얼마나 많은 것들을 한꺼번에 먹고 싶었던 걸까? 이렇게나 욕심이 많다니. 정말 싫은 타입이다. 에스컬레이터를 탈 때도, 얼마나 계단 오르는 게 귀찮고 싫었던 걸까? 에스컬레이터를 발명한 사람에게 혀를 내두르게 된다. 하지만 이 또한 대단하고 놀랍긴 하다. 엘리베이터를 만든 사람은 정말 잘했다. 이사를 편하게 할 수 있게 해준 고마운 사람이다.

새로운 언어를 배울 때, 그 언어들이 가지고 있는 유머에 놀란다. 특히 한자는 정말 알면 알수록 재미있는 그림문자다. 한자를 알면 알수록 나도 나만의 새로운 한자를 만들고 싶은 욕망이 생긴다. 한글 또한 당연히 놀랍다. 실제로 내가 사용하는 언어이고, 너무 당연하게 읽고 쓰는 법을 터득하게 된 언어이지만 한글만이 표현할 수 있는 정서와 유머가 정말 놀랍다. 나는 '헐'이라는 말과 '시발'이라는 욕과 '노답'이라는 말을 정말 좋아한다. 최근에 알게 된 '현망진창'이라는 말도 즐겨 쓰고 있다. 내가 지금 한글로 생각을 하고, 그것을 타이핑하고 있다는 사실도 정말 놀랍다.

인간은 왜 이렇게 신기한 걸 끊임없이 만들어내는 걸까?

그래서 나는 다시 슬퍼진다. 이렇게 신기하고 재미있는 걸 만들어낼 수 있는 능력자들이 모두 늙어빠져서 홀홀 죽어 사라진다는 사실을 받아들일 수 없어서 말이다. 오늘부터 약 50년이 지나서도 내가 살아 있다면, 내가 이 글을 썼다는 사실도 어쩌면 잊어버릴 수 있다는 사실이 슬프다. 그때가 되어도 나는 재미있는 말을 지어낼 수 있을까?

내가 정이 많으며 동시에 차가운 이유는, 사람들을 아주 좋아하지만 그들을 아주 좋아할수록 그들이 사라진다는 사실을 받아들이기가 힘들 것이기 때문이다. 나는 되도록 누군가를 너무 좋아하지 않기로 마음을 먹었다. 그래서 나는 언젠가부터 '사랑한다'는 말을 한 번도 하지 않았다. 그것에 대해 나의 애인들은 불만이 많았지만, 나는 그들이 사라진다는 것이 너무 두려웠기 때문에 그 말을 할 수가 없었다. 아주 보고 싶은 외국의 친구를 떠올리면 눈물이 날 것 같지만, 다시 땅바닥에 담배꽁초를 버리며 '우리는 언젠가 이렇게 아무것도 아니게 된다'는 것을 생각하고, 그 친구를 잊기로 노력한다.

하지만, 그 담배꽁초라는 것도 얼마나 대단한지. 내가 슬픔을 느낄 때 주머니에 손을 넣고 찾게 되는 담배를 만든 사람은 얼마나 고맙고 대단한 사람인지.

울다 웃다 그리고 묻는다

「나의 자랑 이랑」이라는 시가 있다. 김승일이 쓴 시다. 김승일은 이 시를 그의 첫 시집 『에듀케이션』(2012, 문학과지성사)에 실었다. 승일이의 시를 보면 나에 대해 많은 것들을 알 수 있다.

나는 자주 운다.
예전에는 힘이 남아돌아서 아주 큰 소리로 자주 울었다. 길에서도 자주 울었다. 내가 왜 그렇게 자주 우는지 이 시에서 그 이유를 찾을 수 있는데, 나는 자주 분하고 겁에 질려서 운다. 사실 어제도 분하고 겁에 질려서 울었다. 어제는 고양이들 때문에 울었다. 우리집 룸메이트가 키우는 고양이가 곰팡이 피부병에 걸렸는데 그 때문인지 나의 알레르기 비염 증상이 너무 심해졌다. 원체 고양이 알레르기가 심해서 집에 있을 때 재채기를 많이 하고 콧물을 질질 흘리는데, 요즘엔 그 곰팡이 때문인지 하루를 재채기로 시작해 재채기로 끝낸다. 재채기를 너무 많이 하면 온몸에 힘이 빠져서 아무것도 할 수가 없고, 코 안과 밖이 모두 헐어서 코가 안팎으로 너무 너무 아프다. 지금 코도 아프고 머리도 아프고 폐도 너무 아 픈데, 앞으로 나이가 더 많이 들어서 이것보다 더 아플 날을 생각하니 겁이 났다. 그렇게 아프기 전에 미리 깔끔하게 죽 어 사라지면 좋겠다고 생각했다. 퉁퉁 불어가는 컵라면 위에 눈물을 떨구며 많이 울었다.

나는 자주 웃는다.
승일이와 나는 같은 대학을 다녔다. 내가 스물세 살, 승일이 가 스물두 살 때 우리는 학교에서 처음 만났다. 우리는 같은 동아리였고, 작업실을 같이 썼다. 말이 작업실이지 거기는 내 집이었다. 방을 얻을 돈이 없어서 나는 거기서 살았다. 침 대도 놓고 준이치도 데려다놓고 옷장도 놓고 책상도 놓고 난 로도 놓고 살았다.
누가 세탁기를 줘서 학교 화장실에 세탁기도 설치해두고 빨 래도 했다. 샤워는 학교 샤워실에서 했다. 밥은 학교 식당에 서 먹었고 나머지 시간엔 작업실에 있었다. 나는 휴학을 많 이 했고, 휴학하고도 내내 거기서 살고 있었다. 승일이는 휴 학을 많이 하지 않았고 열심히 학교를 다녔다. 승일이가 수 업을 마치고 작업실에 돌아오면 함께 놀았다. 하도 시간이 남아돌아서 쓸데없는 놀이를 많이 개발했다.

한번은 승일이가 작업실 철문을 가리키며 '저 작품은 어떻게 만드신 건가요?' 하고 묻길래, '예, 저 작품은 제가 씹던 껌을 모아 굳혀서 만든 작품입니다. 만드는 데 6년 정도 걸렸습니다'라고 대답했다. 질문과 대답이 바보 같아서 둘 다 깔깔 웃었다. 우리는 작업실 여기저기에 있는 물체들을 마치 소중한 예술작품인 양, 멋들어지게 설명을 하고 그게 웃겨서 배를 잡고 웃었다. 많이 웃어서 배가 아팠다.

대학을 졸업해 학교 작업실에서 쫓겨난 이후, 나는 승일이가 얻은 망원동의 공동작업실에 들어갔다. 왠지 우리는 조용해졌고, 전처럼 많이 웃지 않는다. 어느 날 나는 내 맞은편에 앉은 승일이에게 '깔깔 유머집'을 만들자고 이야기했다. 전처럼 배를 잡고 깔깔 웃고 싶었다.

나는 일을 한다는 것에 대해 여러 감정을 갖고 있다.
일을 하지 않을 땐 한없이 멍청이가 된 것 같고, 일을 하고 있으면 배고픈 내 주둥이에 김밥 한 줄을 처넣기 위해 악마에게 영혼을 팔고 있는 기분이 든다. 일을 처음으로 시작한 열일곱 살 때부터 지금까지 나는 계속 그런 기분으로 일을 했다. 일이 없으면 무섭고 화가 났고, 일이 있어도 무섭고 화가 났다. 나에게 일을 주는 사람도, 일을 주지 않는 사람도 모두

이상하게 생각됐다. 일을 하고 집에 돌아오면 혼자 울거나, 울다가 노래를 부르거나 했다. 노래는 나의 분노와 공포를 잠재우기 위한 치료법이었다. 혼자 노래를 지어 부르는 것이 스스로에게 위로가 된다는 사실을 깨달았다. 그래서 나는 혼자 잠이 드는 수많은 밤에 노래를 지어 불렀다.

어릴 때, 엄마는 나와 언니 그리고 남동생 옆에 누워 노래를 지어 불러주었다. 나는 매일 밤 새로운 노래를 원했고 엄마는 능숙하게 그 욕구를 채워주었다. 엄마의 노래에는 나도 종종 등장했고 언니와 동생도 자주 나왔지만, 알 수 없는 이름들도 많이 나왔다. 미영이나 동수는 내가 알지 못하는 친구들이었다. 하지만 우리 모두는 엄마의 노래 속에 등장해 많은 것들을 함께했고 그에 따른 다양한 결과도 얻었다. 그리고 엄마의 노래 속에는 언제나 교훈이 있었다.

내가 나에게 불러주는 노래에는 교훈이 없다. 교훈을 노래에 넣기에는 내가 아직 어린 것 같다. 대신 노래 속에서 꽤나 많은 질문을 던진다. 어떤 날은 질문만 던지다 잠이 들기도 한다. 때때로 만든 노래를 들으며 나는 왜 이렇게 바보인가 생각한다. 여전히 질문은 끝이 없고, 어떤 땐 그 많은 질문들을 던지는 나에게 질리고, 화가 난다. '넌 언제까지 이렇게 묻기만 할래?' 하지만 아무도 나에게 답을 주지 않기에 계속 질문을 하는 수밖에 없다.

'저는 왜 이렇게 아는 게 많고, 왜 이렇게 모르는 게 많을까요?'

만약 내가 죽기 전까지도 질문을 하고 있다면 그 상황이야말로 가장 웃길 것 같다. 그때 읽을 수 있는 '깔깔 유머집'을 죽기 전에 꼭 만들고 싶다.

그리고 다시 묻는다

나는 사람들이 '하면 안 된다고 한 것'을 하려고 한다.
죽음에 대해 이야기하는 것이다.

초등학교 아이들에게 작곡 수업을 하던 때였다. 나의 목표는
아이들과 함께 동요를 만들어보는 것이었다. 그때까지 내가
생각했던 동요는 '밝고 명랑하고 귀여운' 것이었다. 꽃이 나
오고 잠자리가 나오고 아이들은 뛰어다니는.
하지만 정작 아이들이 내게 들려준 이야기들은 완전히 다른
것이었다. 아이들은 내게 삶의 피로함과 무기력함과 죽음에
대해 이야기했다. 너무나 죽고 싶은데 단지 '살아 있기 때문
에 살아간다'고 말하는 아이도 있었다.
미워하는 친구가 한 명쯤은 꼭 있었고, 하고 싶지 않은 일들
이 너무 많았다. 좋아하는 것보다는 싫어하는 것들을 이야
기했다. 가지고 있는 물건들로 소리 만들기를 했을 때, 교과
서로 책상을 치기 시작한 아이가 있었다. 소리를 크게 내면
낼수록 교과서가 너덜너덜 찢어지기 시작했는데 오히려 그

아이는 그걸로 굉장한 환희를 느끼는 것 같았다. 알고 보니 그 아이가 가장 싫어하는 선생님이 가르치는 과목의 교과서였다.

어른이 된 우리는 언젠가부터 이런 것들에 대해 떠들지 못하게 되었다. '죽고 싶다'는 말은 진짜 죽고 싶을 때가 아니라 '너무 웃겨죽겠을 때'나 '배고파죽겠을 때'나 쓰게 되었다. 그래서 진짜 죽고 싶은 사람들은 왜 죽고 싶은지 제대로 말하지도 못하고 죽어버린다. 나는 내가 왜 죽고 싶어하는지 말하고 싶다.

나는 죽는 게 너무 무섭다. 인간이라는 존재가 처음부터 죽도록 설정되어 있는 게 말이 안 되는 것 같다. 하다못해 말도 못하는 나무가 나보다 평균 수명이 훨씬 길다는 게 이상하다. 내가 미워하는 사람들 말고 진짜 멋지다고 생각하는 사람들이 하고 싶은 걸 다 하지도 못하고 죽어버리는 게 싫다. 혹은 너무 늙어버려서 힘이 없어서 못하는 것도 싫다. 미야자키 하야오가 은퇴한 게 싫고, 커트 보네거트가 죽은 게 싫다. 내가 늙어버리고 힘이 빠져서, 살아는 있지만 생각을 잃어버리거나 잊어버리게 될 것도 싫다. 아주 싫다. 치과에 가서 충치 치료를 받는 것도 아파죽겠는데 그것보다 더한 병에 걸려서 아주 많이 아프게 될 것을 생각만 해도 싫다. 죽음이 갑자기 찾아오거나 천천히 다가올 게 무섭다. 그래서 그것이 먼저 오기 전에 스스로 죽어버리고 싶다. 공포를 벗어나는 가장 좋은 방법은 공포를 찾아오기 전에 먼저 겪어버리는 것이다. 하지만 먼저 겪는 일도 무섭고 어떤 방법으로 하는 게 가장 좋을지(?) 모르겠다. 그래서 아직 나는 살아 있다.

내가 이렇게 죽음을 무서워하기 때문에 먼저 죽어버리겠다고 말하면 사람들은 나에게 화를 낸다. 죽음을 무서워하지 말고 삶을 사랑하라고 말한다. 나는 삶을 사랑한다. 사랑하다못해 집착하기 때문에 죽음이 무서운 것이다. 삶을 너무 사랑하기 때문에, 내가 뺏길 것들이 두려워서 벌벌 떠는 것이다. 내가 사랑하는 사람들을 뺏길까봐 무서운 것이다.

나무위키에 '불로불사'를 검색해봤다. 다양한 작품 속에서 다양한 방식으로 불로불사를 그리고 있었다. 아래는 그중에서 추린 몇 가지 불로불사의 타입이다.

1. 수명이 무한대라서 늙어 죽지 않는다. 즉 자연사하지 않는다. 이 경우엔 살해당하거나 자살이 가능. 불로불사라기보단 불로장생에 가깝다.

2. 수명이 무한대이며 죽지도 않지만 그 외의 모든 것은 인간과 같다. '차라리 죽고 싶은' 꼴을 당하는 게 많은 타입.
3. 육체 자체가 무적이라서 어떤 공격도 전혀 통하지 않는다.
4. 일반적으로 죽음에 이를 치명상을 입어도 순식간에 재생된다.
5. 죽는 순간에는 무력화되지만 다시금 신체를 재구축하기 때문에 시간이 지나면 원상복구된다.
6. 죽었지만 전생의 기억과 능력을 가지고 다른 사람의 몸을 차지하거나 다시 태어난다.
7. 몸은 하나인데 생명이 여러 개다.
8. 위와는 반대로 생명은 하나인데 몸은 여러 개여서 완전히 없애려면 모든 존재를 다 죽여야 한다.

위의 여덟 가지 타입, 전부 맘에 들지 않는다.
나는 죽음을 덜 무서워할 방법들을 개발하고 있다. 혹은 죽음에 대한 공포를 잠깐 잊을 수 있는 방법들을 찾고 있다.

스무 살 때, 친구가 죽었다. 아르바이트를 하던 호프집에 불이 나서 죽었다. 그 친구의 장례식에 가서 나와 친구들은 앞다투어 식장이 떠나가도록 울었다. 부은 눈으로 식장 앞에서 담배를 피웠다. 친구들은 내게 중학교 때 국어 선생님 성대모사를 시켰다. 성대모사를 하자 모두가 웃었다. 우리는 누가 더 웃기는 말을 빨리 잘하는지 경쟁했다. 누군가 웃기는 말로 빵 터트리면 그애를 치켜세웠고, 제대로 받아치지 못하면 '감각이 녹슬었다'며 비난했다. 그렇게 한참을 낄낄거리다 다시 식장으로 돌아가 다시 앞다투어 펑펑 울었다. 진짜 슬펐고 진짜 웃었다.

나는 웃는 것으로 잠깐씩 죽음에 대해 잊어버린다. 유머 감각이 녹슬지 않게 항상 새로운 유머를 준비한다. 남들보다 웃기고 남들보다 말을 더 재미있게 잘하려고 긴장한다. 다른 사람이 내 얘기를 듣고 웃으면 만족스럽고, 나보다 웃기는 사람이 나타나면 그 사람을 따라다니며 배우려고 한다. 나는 유머를 공부한다.

내가 죽음을 무서워하는 것에 대해 편하게 이야기할 수 있는 친구들은 내가 어디 가서 혼자 죽어버릴까봐 걱정이 많다. 그래서 그들은 비상연락망처럼 내 주위에 오랫동안 머물러준다. 다른 곳에서 만난 친구들도 그들끼리 서로 친구가 되어 내 주변에 그물처럼 얽혀 있다. 어쩌면 그것을 내 스스로 원했기 때문에 친구와 친구를 소개하는 일을 많이 했는지도 모른다. 혼자 죽음을 무서워하며 집밖에 나가지 않고 있다가도(왜냐하면 자전거를 타다가 죽을 수도 있기 때문에), 친구에게 연락이 오면 자전거를 타고 홍대로 달려간다. 버스로 가는 시간과 비슷할 정도로 빠르게 달려간다. 나는 친구를 만나기 위해 달려가면서 잠깐 죽음을 잊어버린다.

좋아하는 친구에 대해 너무 깊이 생각하게 되는 날은 내가 울게 되는 날이다. 나는 내가 좋아하는 친구가 언제 어디서 죽게 될까봐 걱정하고 슬퍼한다. 특히 외국에 있는 친구들은 자주 만날 수 없어서 더 그렇다. 그들과 마지막으로 만났던 신주쿠에서, 타이베이에서, 울란바토르에서, 파리에서, 네그로스 섬에서의 기억을 끝으로 더이상 만날 수 없게 되는 일을 생각하면서 나는 운다. 그 슬픔을 내가 견딜 수 없을 것이라는 생각에, 반대로 그 친구들을 미워하기 시작해보면 어떨까 생각해보았다. 그들의 미운 점을 찾아 공책 가득 적어보았지만 그 미운 점까지도 너무 좋아서 계획대로 되지 않았다.

나는 십대 때 가출 겸 출가를 한 이후, 가족들과 거의 만나지 않고 지내며 앞으로도 친하게 지낼 계획이 없다. 어렸을 때는 가족이라는 이유로 그들을 무조건 사랑했었는데, 그 때문에 내가 엉망이 될 정도로 힘들었기 때문이다. 엄마는 내게 많은 것들을 말해주지 않았고 아빠는 바람피우고 도박장에 다녔고, 언니는 화가 나면 나를 때렸고, 동생은 막 사라져

버리곤 했다. 나는 동생을 찾으러 돌아다니다 엄한 곳에 멍청하게 숨어 있던 동생을 찾아내고는 분해서 울었고, 언니가 나보다 힘이 센 게 분해서 울었고, 아빠가 집에 와야 할 시간에 다른 집에 가 있는 게 분해서 울었고, 엄마가 나에게 별얘기도 해주지 않으면서 매일 뭔가에 슬퍼 울고 있는 게 분해서 울었다. 그래서 나는 가출할 수밖에 없었다.

헌데 지금 내가 어른이 되었다고 노력해서 다시 그들을 만나다시 사랑하게 되면 큰일이다. 친구들을 사랑하는 것으로도이렇게 울 일이 많은데 벌써 육십이 되어버린 아빠를 다시 사랑하게 되면 나는 아빠가 죽을 날을 예상하면서 슬픔에 가득찬 나날들을 보내게 될 것이다. 그래서 나에게 미운 모습을 보여줬던 기억만을 붙들고 아빠를 더이상 사랑하지 않기로 마음을 다잡는 것이다.

가장 많이 그리고 자주 생각나는 건 엄마인데, 엄마를 덜 사랑하는 건 정말 힘이 든다. 엄마의 죽음에 대해선 최대한 생각하지 않으려고 노력중이다. 엄마는 1년에 한두 번 만나지만, 사실 엄마가 매일매일 보고 싶다.

무섭고 슬픈 밤을 견디기 위해 엄마가 나에게 노래를 불러주었듯이 나는 스스로에게 노래를 불러준다. 내가 나에게 불러주는 노래 속에는 교훈 같은 건 없다. 많은 질문을 던질 뿐이다.

지금 왜 혼자 노래를 부르고 있는지, 왜 엄마와 함께 누워 있지 않은지. 왜 사랑하는 친구는 멀리에 있고, 왜 그를 만나려고 일을 하고 돈을 벌고 돈을 모아야 하는지. 왜 일을 하면 영혼을 파는 기분이고 일을 하지 않을 땐 멍청이 같은 기분이 되는지. 왜 고양이의 수명은 인간보다 짧아서 그 귀여움을 길어야 십몇 년밖에 볼 수 없는지. 왜 세상에 하나밖에 없는 이랑이라는 사람은 수많은 사라지는 것들과 앞서거니 뒤서거니 하며 사라지게 되는지. 왜 면으로 된 모든 음식은 맛있고, 공항에 가면 언제나 기분이 좋아지고, 운동을 하면 체력이 증진되고, 춤을 추면 땀이 나고, 만화책은 사서 모으고 싶고, 항상 선물을 받고 싶고, 다른 사람들이 무슨 얘기를 하는지 궁금한지.

질문은 끝이 없다.
질문은 계속 늘어만 간다.

우리는 조용히 걸어서 돌아간다

벨기에 로사스 무용단의 공연 〈로사스 댄스 로사스〉와 〈드러밍〉을 보았다. 전부터 너무나 좋아하던 무용단이었기 때문에 올해 1월 티켓 오픈이 시작되자마자 광클릭으로 예매를 하고 내내 기다렸었다. 언제 5월까지 기다리나 싶었는데 어영부영 지내다보니 금방 공연날이 왔다. 공연장인 LG아트센터까지 가는 길, 출퇴근 시간에 걸려 지하철에서 너무 부대끼는 바람에 도중에 포기하고 집에 돌아가 눕고 싶었다. 공연장에 도착해선 표를 찾는 끝없는 줄에 시작 전부터 힘이 다 빠졌다. 자리를 찾아 앞에서 두번째 줄 좌석에 앉았고, 이내 공연이 시작되었다. 아름다웠다. 보는 내내 다른 어떤 것도 떠오르지 않았고, 단지 '아, 아름답다' 이 생각뿐이었다. 정말이지 아름다웠다.

내가 언젠가부터 하지 않게 된 것들을 떠올려보았다. 배를 잡고 크게 웃는 것, 뛰는 것, 그리고 춤을 추는 것이었다. 그 것들만큼 아름다운 게 세상에 또 있던가 싶다. 그 아름다운 것들을 계속해나가는 사람들이 한없이 부러웠다.

신은 과연 춤을 출까?

길을 걷다가 갑자기 춤을 추고 싶어질 때가 있다. 특히 모두
가 귀신처럼 같은 방향으로 끝없이 걸어가는 출퇴근 시간의
지하철이나 넓은 횡단보도에서. 아무도 뛰지 않는 커다란 박
물관에서. 언제부턴가 그것을 왜 하면 안 되는지도 모른 채
모두 뛰지도 않고 춤도 추지도 않게 된 것만 같다. 그 점이 매
우 슬프다. 유치원부터 고등학교 대학교까지 모든 교과과정
에 춤을 추는 수업이 있다면 좋겠다. 발레같이 정형화된 무
용이 아니더라도 몸을 움직이는 수업이 있다면 좋겠다. 의자
에 앉아 있다가 의자에서 떨어지는 춤이 있다면 좋겠다. 책
상에 올라가는 춤이 있다면 좋겠다.

횡단보도 맞은편에서 신호를 기다리며 서 있던 사람들이 신
호가 바뀌면 반대편으로 마구 달려가다 서로에게 부딪혀 날
아가 구르는 것은 왜 무대에서만 볼 수 있게 된 걸까? 앉아
있던 사람들이 의자에서 굴러떨어져 책상 위로 뛰어올라가
뒤집힌 벌레처럼 팔다리를 마구 흔드는 모습은 왜 무대에서
만 볼 수 있게 된 걸까? 나와 같은 공간에서 로사스 무용단

의 공연을 보고 있던 관객 모두가 무대에서 벌어지는 일들이 '아름답다'는 것을 알고 있지만, 우리는 그저 조용히 걸어 집으로 돌아간다. 무거운 신발 속에서 작은 발가락들을 움직이며. '춤은 아름답다'고 생각만 하면서.

둥둥이의 귀환

초등학생 때(4학년인가?)
과외 갔다 오는 길에 잃어버린,

둥둥이라고 이름 지어 부르던

하얗고 뭔지 모르는 동물 인형이 있었다.

그게 없어져서 과외 오가던 길을

몇 번이나 왔다갔다 찾으며

슬퍼했었는데...

둥둥이 어딨어

으아으아

비행기에서 자다 깨
옆에 앉은 친구를 보니...

하얗고... 뭔지
모르겠는게, 혹사
이 친구,
둥둥이 아닌가!

깨어?

?

둘아왔어

고양이와 남자를 만났다

집에 가는 게 숙제처럼 느껴지는 날이 있다. 열몇 살 때의 기억이다. 나는 아주 늦은 시간, 집 앞 놀이터 미끄럼틀 위에 숨어 있었다. 그것은 내가 생각해낸 가출 방법이었다. 때때로 경비 아저씨가 손전등을 들고 놀이터를 한 바퀴 돌았다. 그럴 땐 미끄럼틀 위 작은 집같이 생긴 곳에 바짝 숨어 경비 아저씨가 돌아갈 때까지 숨죽이고 있었다. 밤이 더욱 깊어졌고, 아무도 나를 찾으러 오지 않았고, 나는 여전히 미끄럼틀 위에 있었다. 어디선가 고양이들이 하나둘 나타나기 시작했다. 고양이들은 모래 위에서 뒹굴거리며 놀기 시작했다. 나는 고양이들의 비밀집회를 조용히 지켜보았다. 혹시라도 내가 소리를 내어 고양이들의 즐거운 모래놀이 시간을 망칠까봐 아주 조용히 있었다. 결국 고양이들이 실컷 놀다 돌아간 뒤에야, 집으로 돌아갈 수밖에 없었다.

앞에서 걷는 친구를 따라 걷다가 문득 반대 방향으로 마구 뛰어 사라지고 싶을 때가 있다. 그럴 때면 잠깐 멈춰 서서 그가 어디까지 걸어가다 뒤를 돌아보는지 확인한다. 열 발자국. 스무 발자국. 어떤 때는 시야에서 보이지 않게 될 때까지 앞에서 걷던 친구가 나를 돌아보지 않을 때도 있다. 그렇다면 나는 그동안 얼마나 멀리까지 도망갈 수 있었을까?

언제나 나는 멀리 도망치지 못했다. 집 앞 놀이터, 집 근처 골목의 계단, 작업실 근처의 작은 공원. 숙소에서 조금 떨어진 광장. 때로는 현관문 앞에 오랫동안 기대앉아 집 안에서 나오는 소리를 가만히 듣고 있던 날도 있었다.
도망친다고 딱히 하는 일도 없다. 그냥 멍하게 앉아 있거나, 울고 있거나. 그게 다다. 그렇게 도망쳐 나와 있다고 해서 딱히 누가 찾으러 오지도 않는다.

가끔 이상한 일이 생길 때도 있었다. 한번은 집 앞 골목의 계단에 앉아 있었는데, 뒤에서 자꾸 찰칵찰칵 사진을 찍는 소리가 나서 돌아보니 양복을 입은 남자가 내 사진을 찍고 있었다. 이상하게 쳐다보니 다가와 나에게 말을 걸었고, 별 얘기도 아닌 얘기를 조금 주고받았다. 내게 하는 일을 묻던 남자는 자신의 대기업 명함을 주며 가까운 모텔에 같이 가고 싶다는 얘기를 했다. 내가 모텔에 가고 싶지 않다고 하자, 남자는 그럼 왜 밖에 나와서 앉아 있냐고 했고, 나는 집에 가기 싫다고 했고, 남자는 그럼 모텔에 가자고 했다. 다행히 모텔에 가자는 실랑이는 싱겁게 끝났고, 우리는 모텔도 집에도 가지 않고, 맥주를 사다가 벤치에서 마셨다. 아마 출근하기 위해서였는지, 남자는 해가 뜨기 시작하자 아쉬워하며 돌아갔다.

어릴 땐, 놀이터에서 고양이들이 노는 걸 봤는데, 어른이 되니 모텔에 가자는 남자를 만난다. 신기한 세상이다.

. . .

하ㅡ 언제 돌아오나ㅡ

"연애는 공놀이 같은 거야.
던졌으면 기다려.
공을 만들어서 또 던지지 말고."

- 친구님의 말씀 -

프로페셔널 나

오랜만에 혼자이고, 오랫동안 깨어 있다.

이런 기분이 오랜만이라 기분이 나쁘지 않다. 아침해가 밝아 오는데 불안하지도 않다. 가만히 나의 흔적들을 뒤져보았다. 나의 메일함에서 나의 트위터에서 나의 사진들 속에서.

내 얼굴 사진이 너무 많아서 보다가 지겨워졌다. 성형수술을 하면 어떨까 하는 생각이 들었다. 근데 딱히 어디를 하면 좋을지 생각해보니 모르겠더라. 눈도 그냥 놔둬도 될 것 같고, 코도 놔둬도 될 것 같고…… 턱을 깎으면 좋으려나?

내가 나를 너무 들여다보고 있나 하는 생각이 들었다. 사람들은 나만큼 자신에 대해 생각할까? 사람들은 자기에 대해 얼마나 생각하면서 살까. 나는 나를 위해 노래도 지어 부르고, 나를 그리고, 나에 대해 이렇게 글도 쓰고, 일기도 쓰고 트위터도 하고, 인스타그램도 하는데 말이다. 때로는 나에 대해 생각하는 법을 가르치기도 하고 말이다. 나는 나로 사는 데 프로페셔널한가?

나는 프로 나 관찰자인가? 프로 나. 나 프로.

가끔씩 아주 한가로워지면 나는 이렇게 매일 들여다보는 나를 또 찬찬히 들여다본다. 전에 한번은 이런저런 잡지에 내가 나왔던 기사들을 모아본 적이 있었다. 기사들의 제목도 한결같이 나 같았다. '하고 싶은 거만 하는 사람' '나는 나를 이해할 수 있어' '나의 리듬' '이랑의 리듬' 어쩌구저쩌구. 아이고, 지겹다.

서른이 되었는데, 30년이나 들여다봤으니 지겨울 법도 하다. 그렇다면 이제 뭘 들여다보면 좋을까…… 공부를 할까. 공부를. 다른 사람들을 들여다볼까.

고맙습니다 해야지

작년에 나는 나만의 가훈을 만들었었다. '고맙습니다 해야지'라는 것이다. 읽을 때의 뉘앙스는 엄마가 아이에게 말하듯, '저 아저씨가 사탕 주셨으니까 고맙습니다~ 해야지~'

그동안 사람들에게 고맙다고 말하지 않은 것에 대해 스스로를 타이르고 싶었다. 어디서 배운 것인지 아니면 어디서 못 배웠기 때문인지는 모르겠지만 나를 도와준 사람들에게 '고맙다'는 말을 참 안 하고 살았다. 고맙다는 말 대신 내가 자주 했던 말은 '잘했다'였다. 마치 숙제 검사를 하는 선생님처럼 말이다. 내가 사귀었던 남자친구들은 이 점을 많이 지적했었다. 너는 사람을 자연스럽게 잘 부린다고, 그게 일을 할 때 장점이 될 수도 있지만 남자친구에게도 그렇게 하기 때문에 아주 기분이 나쁘다고. 전에 사귀었던 어떤 애는 내가 라이터가 필요할 때 자기를 보지도 않고 그냥 팔을 툭 친다고 했다. 그 말을 들었을 때 꽤 충격을 받았었다. 어떤 날엔 친한 친구들이 모여서 내가 왜 사람들에게 '고맙다'는 말을 하지 않는지에 대해 토론을 벌였다. 어떤 친구 하나는 내가 스스로 '우주의 중심'이라고 생각해서 그러는 것 같다고 했다. 그렇기 때문에 다른 사람들이 나를 도와주는 걸 당연하게 여긴다고. 친구들이 말하는 나는 정말 못된 애였다. 잘난 척하는 재수없는 애였다. 내가 그런 애라니! (뭐, 조금은 알고 있기도 했지만) 내가 진짜 그런 애라니!

작년 새해를 맞았을 때, 그런 재수없는 애로 사는 것을 그만두어야겠다고 생각했다. 나는 언제부터 이렇게 재수없는 애가 된 걸까? 어쩌면 내가 십대 때 너무 일찍 부모님의 손을 떠났기 때문에 이런 게 되어버린 것일까. 아니, 그런 거랑 상관없이 애초에 그냥 싸가지 없는 애로 태어났을지도 모른다. 어쨌든 이렇게 살다간 주변에 아무도 남지 않을 것 같았다. 그리고 그건 내가 가장 무서워하는 상황이다. 친하게 지내는 일본인 서예가 아사코 상에게 '고맙습니다 해야지'라고 아주 커다란 종이에 아주 커다란 글씨로 써달라고 부탁드렸다. 아사코 상은 한글로는 한 번도 서예를 해본 적이 없다고 했는데, 내가 미리 써준 글자를 보면서 그림을 그리듯 그 글자들을 써주었다. 그렇게 만들어진 가훈을 내 방 창문 위에 커다랗게 걸었다. (앗, 내가 가훈을 받았을 때, 아사코 상에게 '고맙습니다'라고 말했던가? 기억이 안 난다!)

가훈은 하도 커다래서 눈에 잘 띄고 기억하기가 참 좋았다. 덕분에 작년 한 해, '고맙습니다'라는 말을 적지 않게 했던 것 같다. 그렇다곤 해도 진짜로는 해야 할 상황의 40퍼센트 정도만 '고맙습니다'를 했을 것 같긴 하지만 말이다. 올해는 어떤 새로운 가훈을 만들까 생각중이다. 아직 '고맙습니다'를 적정수준이 될 정도로 말하고 있지 않으니 '고맙습니다 해야지'를 1년 더 끌고 가야 할지도 모르겠다. 아니면 조금 더 강력하게 '고맙습니다 해!'라고 바꿀까도 고려하고 있다.

모두들 얼굴이 자란다

삼십대가 된 주변 남자 친구들의 가장 큰 변화는 얼굴 크기의 변화이다. 아무래도 여자 친구들보다 남자 친구들의 경우이 변화가 더 큰 것 같다. (가끔 놀랍도록 얼굴이 커진 여자 친구들을 만날 때도 있긴 하다.)

왜 나이가 들면 얼굴이 커질까. 내 얼굴도 자꾸 커지는 것 같다. 나는 그 사실을 확인하려고 옛날 사진들을 자주 꺼내보곤 한다. 확실히 조금 커진 것 같기도 하다. 얼굴에 근육이붙는 건가? 턱뼈가 자라는 건가?

인터넷에 검색을 해봤다. 누군가의 소견으로는 뼈가 커지는게 아니라 피부의 탄력이 없어지기 때문에 근육이 힘을 잃고처져서 얼굴이 커 보이는 거라고 한다. 특히 코 옆의 피부가처져서 팔자주름이 생기고 턱살이 처져서 이중턱이나 심술살(?)이 생긴다고 한다. 다른 답변 중에는 이런 위로의 말도있었다.

사실 여성과 남성 모두 한창 외모가 꽃피울 때는 있는 법이죠……. 자신의 얼굴 크기를 너무 비관적으로 보지 마시고, 높은 지성과 착한 심성이 있다면 외모가 두드러지지 않아도 매력적인 사람이 되겠죠…….

하지만 문장 마지막마다 말줄임표가 있었다. 아주 씁쓸한 위로였다. 매년 나이가 들어가면서 매해 시간의 저주가 추가되는 것 같다. 무릎의 통증. 턱의 통증. 미묘한 뱃살과 허벅지. 아, 앞으로 심술살까지 생긴다면 대체 나는 어떻게 받아들여야 할 것인가. (심술살이라는 어감이 너무 강렬해서 잊을 수가 없다.) 언젠가 이런 대화를 할 날을 떠올려본다.

"이랑씨 오랜만이에요. 잘 지내셨어요?"
"아 예, 저는 뭐 그냥 잘 있죠."
"어…… 이랑씨 심술살이 좀 붙으신 거 같아요."
"아…… 진짜요? 하하 요즘에 너무 관리를 안 했나."
"목에 있는 거 뭐예요? 쥐젖 아니에요?"
"아이 왜 그러세요, 에이 참 이 사람이."
"제가 다니는 피부과 추천해드릴게요. 교대역에 있는 남자 원장님이신데……"

나는 피부과에 갈 것이다. 다음주에 갈 것이다!

나와 열두 명의 친구들

안 지 4~5년 정도가 지나면 더이상 만나게 되지 않는 사람들이 있다. 오랫동안 친구라고 불렀던 것 같은데 왜 그렇게 되는지 궁금하다. 어쩌면 사회생활을 시작하면서부터 자연스럽게 그런 틈이 생기게 된 것일지도 모르겠다. 유치원 3년, 초등학교 6년, 중학교 3년, 고등학교, 대학교 등을 거치면서 3년에서 6년을 주기로 주변인들이 계속 바뀌었다. 대학을 졸업하고 나서 얼마간은 대학 때 알게 된 사람들과 관계를 띄엄띄엄 유지했지만, 지금에 와선 연락하고 지내는 동기가 두세 명 정도로 줄었다. 하지만 이 주기와 상관없이 오랫동안 친구 관계를 유지하고 있는 신비한 사람들도 있긴 하다. 그들에게는 '신우'라는 칭호를 부여하고 싶다.

오늘 갑자기 굉장히 쓸쓸한 기분이 들어서 전화번호부를 뒤져보았다. 즐겨찾기에 추가해놓은 전화번호가 열세 개 있었다. 맨 위에서부터 한 명씩 전화를 걸어보기로 했다. 첫번째, 두번째 번호까지는 잘 연결이 돼서 잠깐 통화를 했다. 세번째 번호인 동기 언니는 받지 않았는데 아마 일을 하고 있어서 그런 것 같았다. 요즘 경찰서에서 비행 청소년들을 가르치는 일을 하고 있다고 들었다. (그나저나 비행이라는 말이 새삼스레 멋지다.) 네번째 친구도 근무시간일 게 뻔해서 걸지 않았다. 다섯번째 친구는 아직 침대에서 뒹굴거리는 중이라며 전화를 받았다. 여섯번째 친구는 문자로 엄마와 함께 있다고 했다. 일곱번째는 엄마다. 걸지 않았다. 여덟번째 친구는 밴드 멤버이고 공연 때문에 어제까지 제주도에 같이 있었기에 걸지 않았다. 아홉번째 친구는 현재 같이 살고 있는 룸메이트다. 걸지 않았다. 왠지 룸메이트가 된 이후로 따로 얘기하는 시간이 더 줄어든 것 같다. 전엔 카페에서 만나 수다도 떨고 했는데 지금은 집에서 맨날 추리닝 바람에 민낯으로 샤워하러 왔다갔다하며 보니까 밖에서 만나는 게 어색해졌다. 친구가 화장이라도 하고 옷을 차려입은 날이면 무슨 큰일이라도 난 것처럼 기분이 이상하다. 열번째 친구는 요즘 실연의 상처가 깊어 '죽고 싶다'는 말을 입에 달고 산다. 걸지 않았다. 열한번째 친구는 받지 않았다가 잠시 후에 다시 걸어왔는데, 무슨 일이냐고 해서 '보고 싶다'고 했더니 오늘은 '풀'이라고 했다. 나는 '프리'라고 알아들어서 기뻤는데 친구는 다시 발음을 굴려서 '오늘은 FULL!'이라고 했다. 김샜다. 유학을 앞두고 있는 열두번째 친구는 지금 어학원에서 공부를 하고 있는지 받지 않았다. 마지막 열세번째 친구는 내일모레 만나기로 약속이 되어 있어서 걸지 않았다.

즐겨찾기에 저장된 열세 명 중 엄마를 뺀 열두 명의 이름들을 보다가 갑자기 그림 〈마지막 만찬〉이 떠올랐다. 내가 가운데 앉고 친구들이 양옆으로 앉아 식사를 하게 된다면 누구를 어디에 앉혀야 좋을까? 상당히 어려운 질문이었다. 이 열두 명의 즐겨찾기 리스트에 변동이 온다면 그것은 언제 그리고 왜일까?

이 열두 명의 친구들 중 한 명은 이번주에 군대에 간다. 아주 늦은 나이에 가서 고생할 것 같아 걱정이다. 그리고 또 한 명은 일본 유학을 준비하고 있다. 가게 되면 몇 년은 돌아오지 않을 것 같다. 또다른 한 명은 올해 말인지 내년인지 세계여행을 떠난다. 2년은 걸린다고 했던 것 같다. 그러다 살고 싶은 나라가 생기면 거기서 살지도 모른다고 한다.
어쩌면 유학이나 여행을 떠난 게 아니라 병이나 사고로 이 중 누군가 세상을 떠나게 되었을 때, 그때. 다시는 눌러볼 수 없게 된 전화번호를 어떻게 해야 하나 생각했다. 나는 왠지 계속 가지고 있다가 한 번쯤은 전화를 걸어볼 것 같다.
오늘처럼.

할머니가 된 기분

가로수 뒤에서 담배를 피우면서, 가만히 지나가는 사람들을 구경하면서, 옷은 뭘 입었네, 남자친구네, 여자친구네, 개네, 힙합이네, 목걸이 했네, 귀걸이 했네, 나도 저런 거 좋아했었지, 나도 저렇게 걸었었지, 중얼거렸다.

아무도 나를 신경쓰지 않았고, 눈에 띄지 않게 남들을 자유롭게 관찰할 수 있었다. 이게 바로 할머니가 된 기분이 아닐까.

꿈에 든다

꿈을 항상 꾼다. 내 꿈은 너무 진짜 같아서 '잠이 든다'고 말하는 것이 이상할 정도이다. 현실의 세계를 제1의 세계라고 한다면 꿈은 제2의 세계라고 불러야 마땅할 정도로, 꿈의 세계는 나에게 아주 중요하고 밀접한 삶의 현장이다. 단지 몸이 누워 있고 눈을 감았을 뿐이지 정신은 제1세계보다 더 열렬히 살기 때문에 나는 매일 24시간 깨어 있는 것 같은 피로를 느낀다. 제1세계와 제2세계의 차이점은 꽤 많은데, 배경은 물론이고 '나'라는 인물의 성격에도 많은 차이가 있다.

제2세계는 항상 어둡고 안개가 많다. 공기가 아주 무거워 몸을 가볍게 움직이는 게 어렵다. 밝은 날은 아주 드물고 가끔 날이 밝을 때 자연스럽게 하늘을 날 수 있다. 산 자와 죽은 자의 경계가 모호해 '귀신'으로 볼 수 있는 존재나 '괴물'로 볼 수 있는 존재들과 아주 자연스럽게 어울린다. (그럴 때 제1세계에 누워 있는 나는 식은땀을 흘리거나 끙끙거린다.)

제2세계에서는 이성보다는 감정의 흐름을 따라 대부분 행동하는데, 제2세계의 나는 성욕도 아주 강하고 폭력성도 강해서 여러 가지 사건에 쉽게 휘말리곤 한다. 처음 본 낯선 남자들의 손을 이끌어 어두운 곳으로 급히 발걸음을 옮기고, 맨손 혹은 여러 가지 도구로 사람을 패거나 죽이는 일도 많다. 제2세계에서는 돈을 벌기 위해 일을 하거나, 전화기나 컴퓨터로 무언가 하는 일은 거의 없고, 거의 맨몸으로 돌아다니며 많은 사람을 만나고 그에 따른 감정 변화가 생기면 친화적 혹은 적대적으로 행동하는 것이 일상이다.

제1세계에서 마음에 두고 있는 사람이 생기면 짧은 텀을 두고 차차 제2세계에도 그 인물이 등장하는데 제2세계에서의 진도도 '절대 시간'이 중요해, 처음 등장했을 때부터 키스나 섹스를 하게 되기까지는 꽤 여러 날이 소요된다. 만남과 사랑이 두 세계에서 비슷한 속도, 혹은 제2세계에서 조금 더 빠르게 진행된다면 이별은 제2세계에서 훨씬 더 오랜 시간이 걸린다. 제1세계에서 이별한 상대를 제2세계에서 처참히 죽여도 다음날이 되면 살아 돌아와 처음부터 모든 일을 다시 시작해야 하는 날이 있는가 하면, 어떤 날은 전혀 다른 모드로 차분히 서로 이야기를 나누고 마음으로 깊이 '이별의 필연성'을 이해하기도 한다. 어떤 땐 제3의 인물이 나와 이별한 상대와의 관계를 차근차근 객관적으로 정리해주기도 한다. 이처럼 제2세계에서의 이별은 몇 차례에 걸쳐서 반복되는데 그럼에도 불구하고 매번 감정적인 소모가 크기 때문에 제1세계로 돌아왔을 때의 피로도가 높고, 내내 지치게 된다. 하지만 긴 이별이 끝나면 대부분 그 상대는 다시는 제2세계에 등장하지 않고, 완전히 사라질 때가 많다.

최근 제2세계에서 다음 영화의 제목을 지었는데, 그게 너무 마음에 들어서 제1세계로 돌아오면서도 내내 머릿속에서 그 제목을 되뇌었고 돌아오자마자 공동작가에게 문자로 제목을 보냈다. 둘 다 무릎을 탁 칠 정도로 마음에 드는 제목이었다. 돌아오는 도중 잊어버렸다면 너무 아까웠을 제목인데, 그 때문에 제2세계에서 사진을 찍거나 문자를 보내는 일이 가능하다면 얼마나 좋을까 하는 생각을 했다.
개발이 시급하다.

그리고 제1세계에서도, 제2세계에서도 아직까지 '신'은 한 번도 등장한 일이 없었는데, 언제가 되었든 어느 세계가 되었든 그 일이 한 번쯤은 꼭 일어나기를 바라고 있다.

다시 만나서 웃었다

꿈에서 아주 오래전의 연인을 만났다.

나는 새벽 네시쯤 텅 빈 거리를 걷고 있었는데 왜인지 계속 뒤를 돌아보고 있었다. 그러다 어느 순간 그가 보였다. 나는 모자를 눌러쓰고 있었기 때문에 그는 나를 알아보지 못하고 옆을 지나치는 것 같았다. 나는 오래전 불러보았던 그의 이름을 불렀다. 그가 내 얼굴을 알아보고 다가왔고 나는 그를 껴안다시피 하여 그에게 몸을 기댔다. 그가 '이 시간에 어딜 갔다 오냐'고 물었는데, 그 뉘앙스는 마치 우리가 연인이었을 때 늦은 밤 집을 나갔다 아침에 돌아온 나에게 물었던 그 뉘앙스와 꼭 같았다. 나는 왜인지 너무 피곤한 상태였기 때문에 뭐라고 대답을 하려고 했는데 말이 잘 나오질 않았다. 내가 뭔가를 숨긴다고 생각했는지 아니면 오래전 할말이 없던 그 시간이 떠올랐는지 그는 한숨을 쉬고, '다음에 만나서 얘기 나누자'며 어느 가게로 들어가려고 했다. 나는 뒤에서 그를 붙잡아 있는 힘껏 소리를 내어 '방금 전에 일본에서 돌아왔다'고 대답했다. 그러고는 다시 그에게 안겨 '힘들다.

너무 힘들다'고 말을 했다. 그제서 그가 나를 부축해주었고 비가 오기 시작했다. 나는 온몸에 힘이 없어서 중간중간 쓰러지듯 넘어졌다. 옷이 다 젖었다. 그는 곤란한 얼굴이 되었다.

왠지 그의 집이 이 근처일 것이라는 느낌이 들었다. 내가 힘이 없고 옷이 젖었기 때문에 지금 그의 집에 가게 된다면 그와 자게 될 거라는 것을 알았다. 그리고 나의 연애는 마치 초기화되듯 처음으로 돌아갈 것 같았고, 모든 게 아주 편안할 것만 같은 생각이 들었다.

이후로도 나는 몇 번이나 '힘들다'는 말만 계속했고 그는 술을 사서 나와 함께 집으로 돌아가려고 하는 것 같았다. 맥주를 포장해 파는 호프집에 들렀는데, 나는 또다른 오래전 연인을 만났다. 그는 지금 나를 부축하고 있는 사람의 친구로, 지금 나를 부축하고 있는 사람과 헤어지고 연이어 사귀었던 친구이다. 어떤 사람은 그런 우리를 보고 '더럽다'고 한 적도 있었다. 하지만 그때의 우리는 아주 어리고, 젊고, 사이가 좋았다.

호프집에서 만난 두번째 옛 연인의 얼굴을 보니 웃음이 났다. 나는 그 얼굴이 너무 반가워서 오랫동안 웃으면서 보았

227

는데, 그는 오히려 나에게 뭔가를 계속 물으며 짜증을 내기 시작했다. 그 모습까지 아주 그립고 예뻤다. 그가 물어보고 있는 말은 왠지 우리가 연인이 되기도 전, 대학의 친구로 지낼 때 했을 법한 것이었다. 일테면 '내일 수강 신청할 때 그 수업 들을 거야 말 거야, 빨리 정해야 나도 그걸 듣든가 말든가 하지' 같은 것. 그 말을 듣는 순간, 시간이 워프하여 나는 과거에 와 있구나, 그렇다면 나는 이 모든 연인들을 다시 만나게 되는구나, 그렇다면 나는 이들과 영원히 사귀어야겠다, 다시는 헤어져 방황하지 말아야겠다 생각했다.

돌이켜보니 너무 예쁜 사람들이었다. 하지만 그 순간 나는 꿈에서 깼다.

전뇌화를 부탁한다

처음으로 〈공각기동대〉를 보았다. TV판을 보기엔 시간이 없어서 (없다고 느껴져서) 요약판 몇 편과 극장판을 몰아 보았다. 오프닝에도 여러 번 나오는 〈공각기동대〉의 여주인공 쿠사나기 소령은 전신을 의체화하였는데, 나는 그 '의체'라는 개념을 처음 접하고 열렬히 꽂히게 되었다. 뇌의 기억들을 데이터로 만들어 뇌+컴퓨터 형태로 전자화시킨 전뇌와 필요에 따라 교체와 보수가 가능한 의체를 합치면 거의 불멸에 가까운 상태가 되는데, 필요에 따라선 전뇌화된 의식만이 네트워크 안을 돌아다니다가 다시 의체로 돌아갈 수도 있는 것 같았다. 최근에 본 로봇 영화 〈채피〉에서도 마지막에 이와 비슷한 내용이 있었는데, 어떤 사람이 죽음을 맞기 전에 뇌의 모든 기억들을 데이터에 옮겨두었다가 인체형 로봇에 심는…… (아, 이거 스포일러인가?)

물론 뇌의 정보를 전부 데이터화해두었다고 그게 진짜 그 사람이라고 할 수 있는가 없는가에 대한 고민도 당연히 있겠

229

고, 〈공각기동대〉의 쿠사나기 소령도 그 고민을 수도 없이 하는 것 같긴 했지만 어쨌든 나는 전뇌+의체화를 굉장히 하고 싶어졌다.

감기몸살로 몸이 아픈 날에는 다른 아무 생각도 안 나고 '몸만 나으면 뭐든지 할 수 있을 것 같은데' 하는 생각만 든다. 십 년 전부터 지병으로 앓고 있는 심각한 비염 때문에 고생이 심한 날도 그렇다. '비염만 없으면 뭐든지 할 수 있을 것 같은데……'

빌딩에서 뛰어내리는 데 거침없고, 두려움 없이 적에게 온몸을 부딪혀 날아드는 쿠사나기 소령을 보면 몸의 한계와 공포를 잊은 것처럼 보여 한없이 부럽기만 하다. 적어도 한 달에도 몇 번씩 요동치는 여성호르몬의 영향에서 벗어날 수만 있다면 얼마나 좋을까. 전뇌+의체화가 시급하다.

머리를 통째로 다른 신체에 이식할 수 있다며 동물실험까지 성공한 이탈리아의 신경외과 전문의 세르지오 카나베로 박사의 기사를 본 적이 있다. 그리고 최근 이 세르지오 박사에게 머리 전체 이식수술을 받겠다고 나타난 사람이 있는데, 그는 러시아의 서른 살 남성으로, 척수성 근육위축증을 앓

고 있어 시한부 삶을 살고 있다고 했다. '프랑켄슈타인 수술'
이라고 별명 붙여진 이 수술이 언제 어떻게 실현될지 아직
확실하게 정해지진 않았지만, 실제로 이 수술을 성공하게 되
면 앞으로 의학, 과학계와 세계가 어떻게 변하게 될지 너무
궁금해진다.

〈공각기동대〉의 시대 배경은 4차 비핵세계대전 이후인 2027년
으로, 앞으로 12년밖에 남지 않았다. 이때쯤 되면 머리 이식
이나 전신 의체화가 실제로 가능해지지 않을까 하는 생각
이 든다. 가능하면 '순간 이동' 기술도 빨리 발전되었으면 좋
겠다.

앗. 하지만 2027년이 되려면 아직 일어나지 않은 3차 핵세계
대전도 일어나야 하고, 그 이후에 4차 비핵세계대전도 일어
나야 하는데. 앗. 그렇게 되면 내가 의체화나 전뇌화 혹은 머
리 이식 수술을 하기 전에 세계대전에서 운 없이 죽을지도
모르는데. 그럼 어떡하지…….

그냥 찍고 싶어서

영화를 너무 찍고 싶어서 글을 썼다. 누가 찍으라고 하는 것도 아니고, 찍으면 돈이 생기는 것도 아닌데 그냥 찍고 싶어서 글을 썼다. 글을 쓰고 주변 사람들에게 보여주며 출연해달라고 찾아다니며 부탁을 했다. 생각보다 흔쾌히 주변 친구들이 출연하기로 약속해주었다. 친하게 지내는 촬영하는 친구에게 좀 같이 만들어보자고 꼬셨다. 그리고 여러 공간을 돌아다니며 장소를 빌렸다. 주로 평소 알고 지내던 분들이 운영하는 서점이나 작업실, 사무실을 빌렸다. 대부분 영업시간 외에는 그냥 써도 좋다며 호의를 베풀어주었다. 배우들과 촬영하는 친구 외에는 도와줄 스태프가 없어 혼자 섭외와 진행을 해야 했다. 촬영을 앞두고 글도 고쳐 써야 하는데, 촬영때 쓸 소품들을 준비하는 데 시간이 턱없이 부족했고, 틈틈이 원고 마감과 작곡 수업도 했다.

촬영감독에게 시나리오와 콘티를 넣을 파일북을 가져다주려고, 집에 있던 파일북을 비우다가 옛날에 받았던 손편지를 찾아 읽게 되었다. 중학교 때 친하게 지냈던 동네 언니가 나에게 써줬던 편지였다. 편지 말미에 이런 문구가 있었다.

늘 너는 남들보다 똑똑하고, 자유로운 영혼을 지녔지. 네가 지금 추구하는 것의 끝은 무엇일까?

그 문장을 읽는데, 갑자기 내가 하는 모든 일들이 남에게 피해만 주는 게 아닐까 하는 생각이 들었다. 내가 하고 싶어서, 영화를 만들고 싶어서 혼자 글을 쓰는 것까지는 아무에게도 피해를 주지 않았다. 하지만 이후 그 글을 현실로 소환하려고 하면서부터는 피해의 연속이다. 나는 남의 시간을 뺏고 남의 공간을 빌리고, 남의 능력을 갖다 쓴다. 거기에 대한 적절한 대가도 치르지 못하면서 말이다. 오히려 일이 진행이 잘되지 않는다고 옆에서 도와주는 친구에게 화도 내고 짜증도 낸다.

새벽 네시까지 촬영감독이 옆에서 콘티를 짜다가 녹초가 되어 오토바이를 타고 집으로 돌아갔다. 전전날 촬영은 아침 여덟시에 시작해 새벽 두시에 끝났다. 낮에 서점을 열어야 하는 친구와 오전에 출근을 앞둔 회사원 친구가 출연하느라 자기 시간을 많이 희생했다. 촬영 중간엔 오토바이를 타고 카메라 렌즈를 빌리러 간 촬영감독이 전화를 받지 않아 사고가 났나 싶어 불안에 떨었다. 교통체증에 걸렸었다며 그는 무사히 도착했지만, 오히려 조연으로 출연하기로 한 친구가 갑자기 오토바이 사고가 나 다리가 부러져 전치 4주가 나왔다는 연락이 왔다. 어쩌면 더 크게 다쳤을 수도 있는 그 친구는 출연하지 못하게 되어 미안하다고 사과를 했다. 미안한 건 난데 말이다.

나는 왜 이것을 하고 있을까? 그냥 자다 깨서 밥 먹고 게임하다가 책 보고, 커피 마시고 담배 피우고 인터넷 하다가 다시 잠이 드는 것으로 남에게 아무런 피해도 주지 않고 하루를 보낼 수도 있는데 말이다.

한가롭게 도시를 이용하기

나는 아침에 일어나지 않는다. 언제나 새벽 세시가 넘어야 잠이 들고, 정오가 지나서야 일어나는 생활을 지속하고 있다. 사실 정오에 일어나는 것도 가끔이고 오후 두시는 되어야 정신이 좀 든다. 오늘은 잠에서 깨니 오후 세시 사십분이었다. 일어나서 핸드폰을 보면 이런저런 알람이 무섭게 떠 있다. 나는 알람이 잠을 방해하지 못하도록 '방해금지모드'를 활용하는데 이게 참 똑똑한 물건이다. (이걸 발명한 사람은 스티브 잡스인가? 정말 고맙습니다.) 전엔 이 기능을 몰라서 아침부터 오는 메시지 진동에 막 들기 시작한 잠에서 홀랑 깨서는 아침 내내 분노에 휩싸여 앉아 있곤 했다.

나는 도시에 살고 있지만, 나의 일상에는 그다지 사람들이 붐비지 않는다. 보고 싶은 영화는 일요일 밤 열시 이후에 극장에 가서 본다. 월요일에 출근하는 모든 사람들이 가장 스트레스 받아 할 시간대이다. 가끔 자전거를 타고 싶을 때면, 운동하는 사람들 대부분이 돌아간, 밤 열한시쯤부터 타기 시작한다. 그때 한강에 가면 정말 한가한 라이딩을 즐길 수 있다. 저녁 일곱시부터 아홉시 사이에 갔다간 핸드폰 최대 음량으로 음악을 틀고 달리는 사람들이나, 보조등을 엄청 환하게 켜고 줄지어 달리는 전신 슈트의 무서운 라이더들과 마주쳐 전혀 즐겁지 못하다. 내가 첫 끼를 먹으려 하는 시간은 여러 맛집의 브레이크 타임과 항상 겹친다. 어떤 날은 세 군데 넘게, 닫힌 문 앞에서 돌아선 적도 있다. 브레이크 타임이 없는 식당에서 첫 끼를 네시가 넘어서 먹고, 두번째 끼니는 대략 아홉시에 먹는다. 아주 늦은 시간까지 문을 여는 식당이나, 24시간 카페에도 가끔 간다. 새벽 세시가 넘어서도 영 잠이 오지 않을 때는 읽고 싶은 책을 가지고 걸어서 10분 정도 걸리는 24시간 카페에 가서 책을 본다. 아예 집에 핸드폰을 두고 나갈 때도 있다. 나도 현대인인지라 강제로 핸드폰을 멀리하지 않으면 책이라는 걸 한 달 내내 들여다보지 않으니까 말이다. 주말엔 보통 외출을 하지 않고 작업실에서 내내 일을 한다. 주말엔 어느 시간이건 도시가 붐비기 때문에 한가한 도시 생활을 즐길 수 없기 때문이다.

이것이 나의 '日常'이다.

대략 오전 여섯시부터 오후 두시까지, 바깥세상과 완전히 단절되어 있는 일상이다. 그 시간에 도시를 돌아다니는 사람들은 어떤 생활을 하고 있을까? 그들의 도시는 나의 도시와 어떻게 다를까? 오늘도 나의 도시는 마냥 한가로운데 말이다.

저는 가방이 없으면 밖에 못 나가요.
가방에는 꼭 들어있어야 하는 게
몇 가지 있는데요.

모잉...

나도 데려가

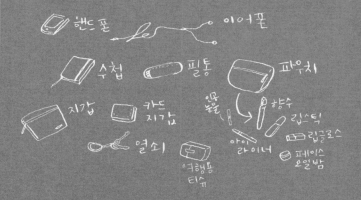

핸드폰　이어폰

수첩　필통　파우치

지갑　카드
지갑　향수　립스틱
아이
라이너　립글로스
열쇠　페이스
오일밤
여행용
티슈

턱이 아프다

4~5년 전 즈음부터 시작된 턱의 통증이 점점 심해지고 있다. 시작은 졸업 작품으로 단편영화를 편집할 때 즈음이었던 것 같다. 매일매일 네 시간씩, 두 달 내내 편집을 하던 때였다. 그렇게까지 이를 악물고 일을 하진 않았던 것 같은데 편집을 하다가 턱 근육이 살살 땅겨지는 느낌이 들었다. 시간이 지날수록 턱 근육이 한없이 팽팽하게 땅겨져, 잘못 툭 건드리면 어느 순간 부지직하고 얼굴이 다 찢어질 것만 같았다. 어떤 날은 편집을 마치고 나면 아예 입을 못 벌릴 정도로 턱 근육이 아팠다. 입을 벌릴 수가 없으니 말을 할 수도 없었다. 신경증 혹은 긴장증이라는 생각이 들었다.

치과에 물어보니 딱히 해줄 수 있는 치료는 없고, 교정 부작용일지도 모른다고 했다. (교정은 열여덟 살 때 했다.) 따뜻한 수건으로 마사지를 하라고 했다. 마사지는 턱이 아플 때마다 당연히 하고 있었던 것이지만 효과는 별로 없었다. 이 턱 통증은 점점 악화하고 있는 것 같다.

전엔 집중해서 일을 할 때만 증상이 나타났는데, 요즘은 딱히 일을 하지 않아도 통증이 있다. 수년간 계속해서 통증을 겪다보니, 이젠 통계를 낼 수 있을 정도가 되었다.

집에 있을 때. 아프지 않다. 아주 통증이 심했어도 집에 돌아옴과 동시에 사라진다. 반대로 집을 나서자마자 통증이 시작되는 경우가 잦다. (이럴 때. 약속을 취소할 수 있는 상황이라면 취소하고 바로 집으로 돌아가기도 한다.) 하지만 집에 있을 때, 손님이 찾아오면? 아프다. 그 손님이 아주 친한 사람이라면? 안 아프거나 덜 아프다.

외출했을 때. 일로 사람을 만나면 100퍼센트 아프다. 친구는 만났을 때 턱이 아픈 친구와 그렇지 않은 친구가 있다. (만났을 때 턱이 아프지 않거나 덜 아픈 친구만 점점 만나게 되고, 점점 인간관계가 좁아진다.) 낯선 장소에 가면 100퍼센트 아프다. (만났을 때 턱이 아프지 않은 친구와도 낯선 장소에서 만나게 되면 턱이 아프다.)

가장 안전한 선택은 집에 혼자 가만히 있는 것. 그리고 만났을 때 턱이 아프지 않은 친구와 친숙한 카페에 가는 것이다. (그 카페에 갑자기 손님들이 우르르 들이닥치면? 아픔. 집에 간다.)

어떤 날은 이 통증이 나의 모든 생활을 지배하는 것처럼 느껴지기도 한다. 하루는 낯선 카페에서 일로 사람을 만나고 있었는데 웬일로 턱이 아프지 않았다. 일에 관해선 어느 정도 통증을 예상하고 있던 터라 다행이라고 생각하던 참이었는데 그 생각을 하는 즉시 턱이 아프기 시작했다. 아마 턱이 잠깐 졸고 있다가 내가 자기 생각을 하니까 '엇! 나 왜 졸고 있었지' 하며 깨어나 나를 아프게 하는 것 같았다.

상황이 이러니 외국에 가게 되면 큰일이라고 생각했다. 공항에 내리는 순간부터, 아니 하늘에 떠 있는 순간부터 모든 게 낯설기 때문이다. 하지만 의외로 외국에서는 턱이 거의 아프지 않았다. 이상하게 그랬다.

결론적으로 서울이 문제인가 하는 생각이 들었다. 어쩌면 서울은 나에게 긴장 그 자체였는지도 모른다. (나는 서울만 벗어나면 불면증이 낫는다.) 그럼에도 불구하고 나는 서울을 꽤 좋아하는 것 같다. 서울에는 웃기는 일이 많기 때문이다. 깔깔 웃긴다기보다 낄낄, 놀릴 거리가 참 많은 도시다. 흉하다못해 낄낄 웃음이 나는 커다란 조형물이 많은 도시다. 미국 대사가 다쳤다고 부채춤을 추면서 그의 건강을 기도하는 도시다. 대학생들이 잔디밭에 모여 기타를 치고 울면서 기도를 하는 도시다. 여자가 걸어다니면서 담배를 피운다고 낯선 사람이 뒤통수를 갈기는 도시다. 담뱃값이 한 해에 2천 원이 오르고, 대책도 없이 실내 전체가 금연이 되어 겨울에도 사람들이 벌벌 떨며 거리에서 담배를 피우고, 비흡연자는 오히려 간접흡연에 더욱 노출되는 곳이다. 여성 혐오 발언을 하는 개그맨이 끊임없이 TV에 나오고, 팬티가 보이게 옷을 입은 어린 여자애들이 엉덩이를 흔들며 춤을 추는 곳이다. 쓰다보니 재미가 없다. 정말 이상하다. 이렇게 이상한 곳은 다른 어디에서도 본 적이 없는 것 같다.

외국에 다니면서, 좋은 점도 나쁜 점도 많이 찾아냈다. 어디서든 나쁜 점은 기막히게 잘 찾는 나지만 나쁜 점이 진짜 없는 곳도 있었다. 딱 6개월만 살아봤으면 좋겠다 싶은 곳도 있었고, 2년 혹은 3년 내내 머물고 싶은 곳도 있었다. 하지만 그때마다 나는 서울을 다시 떠올렸다.

나는 서울 사람이다. 나는 서울에서 하고 싶은 게 있다. 나는 서울을 아주 싫어하면서 좋아한다. 세상에 이렇게 이상한 곳은 또 없다. 나는 그 점을 아주 싫어하고 동시에 좋아한다. 나에게 있는 에너지로 서울의 이상한 점을 죽을 때까지 놀릴 수 있을 것 같았다. 그러기 위해 나는 돌아가야 한다고 생각했다.

243

하지만 정말 그래야 하는 게 맞을까?

혹시 나의 턱은 이 이상함을 더이상 참을 수 없게 된 게 아닐까? 그래서 그것을 미리 경고하고 있는 게 아닐까?

내 턱이 아프지 않았던, 오랫동안 평온했던 곳들이 떠오른다. 거의 아무 생각도 하지 않고, 가끔 하는 생각이라곤 '오늘 뭐 먹지'가 전부였던 시간이 있었다. 날씨는 항상 따뜻했고 수영장이 가까웠던 곳. 걸어다니는 곳마다 푸르렀던 곳. 더럽고 깨끗한 것 구분 없이 그저 편한 대로 살아도 됐던 곳. 그런데도 나는 왜 다시 긴장 속으로 돌아가는 것인가?

가끔 행복하고 싶다는 생각을 할 때가 있었다.

레드벨벳의 〈행복Happiness〉도, 중학생 때 좋아했던 H.O.T의 〈행복〉도 정말 많이 들었고 많이 불렀다. 나는 사람들이 '행복'을 말할 때, '행복'을 노래할 때의 그 느낌이 좋았다. 구름 위로 솟아오르려고 하는 듯한 음들. 발랄한 목소리들.

그런 소리들을 묻어두고 왜 나는 긴장 속으로 다시 돌아가는가.

몸이 소리지른다.
" 가만히 있어, 가만히 있어.
존나 가만히 있어.
어디 나갈 생각도 하지 마."

니가 올해
날 살려낸 거니,

니가 날, 올해도 결국
살려낸 거니 ? ? ?

완성의 순간에

미야자키 하야오의 마지막 작품인 〈바람이 분다〉를 제작할 당시 찍었던 다큐멘터리 〈꿈과 광기의 왕국〉을 보았다. 보고 또 보았다. 감독은 애니메이션 작화 전에 스토리를 따로 써놓지 않고 그림 콘티를 그리며 한꺼번에 그림과 스토리를 동시에 만드는 방식으로 작업을 하고 있었다. 그림 콘티를 그리고 그 옆에 대사와 지문을 쓰고, 한 장면이 어느 정도의 길이일지 머릿속으로 상상하며 초시계로 초를 재 길이를 맞추는 식이었다.

매일 아침 열한시 스튜디오에 도착해 저녁 아홉시에 연필을 내려놓는다는 미야자키 감독은 그렇게 2년 내내 그림 콘티를 만들고 있었다. 그리고 어느 늦은 밤, 감독은 책상 앞에 앉아 그림 콘티를 들여다보며 몇 번이나 초시계를 다시 재고 콘티를 뒤적거리다 안경을 내려놓으며 '아, 귀찮다. 이제 그만할까'라고 조용히 말했다. 2년째 작업해온 〈바람이 분다〉의 그림 콘티가 완성되는 순간이었다. 늦게까지 퇴근하지 않고 기다리던 제작 담당자가 '그림 콘티가 끝났습니다' 하며 기쁘게 알리자, 각자의 책상에 앉아 조용히 일을 하던 스태프들이 하나둘 일어나 그에게 짧은 박수를 보냈고, 금세 지친 얼굴로 책상으로 돌아가 앉았다. 나는 그 순간이 그렇게 좋을 수가 없었다.

혼자 이야기를 만드는 사람인 나는, '완성의 순간'이 찾아왔을 때 언제나 혼자였다. 노래 한 곡을 완성했을 때도, 오래 써오던 시나리오를 완성했을 때도, 만화책의 모든 원고를 마쳤을 때도 그랬다. 그 순간은 언제나 조용했고 언제나 혼자 마주하기에는 조금 벅찬 기분이 들었다. 가만히 마주하기에는 뭐라도 해야 할 것 같아 어떤 때는 책상의 사진을 찍었고, 어떤 때는 일어나 걸었고, 또 어떤 때는 모니터의 글자들을 들여다보며 조금 울기도 했다. 완성의 순간을 맞아본 사람이라면 모두 그 순간을 기억할 것이다.

미야자키 하야오는 매일 수면유도제를 먹는다고 했다. '당연히 잘 수 있을 리가 없잖아'라고 말했다. 상실감이 엄청나다고 했다. 그림을 못 그리겠다고 했다. 내일은 잘 그릴 수 있을 것 같다고 했다. 스태프들이 쉬는 휴일에도 혼자 나와서 그림을 그리고 가끔 일요일의 반나절만 쉰다고 했다. 아침에 일어나 마사지를 하고 체조를 하고 샤워를 하고 쓰레기를 줍고 커피를 마시고 밥을 먹는 세 시간 정도의 생활이 스튜디오 밖에서의 그의 모든 생활이라고 했다. 그 세 시간 동안 육안 으로 보는 범위 안에서만 세계를 판단한다고 했다.

대감독도 대작가도 아니지만 매일 일어나 작업실에 출근해 아무도 시키지 않은 일들을 하는 프리랜서 작가인 나의 모습 도 이와 비슷하다. 그렇게 오늘도 이 책상에 참 오랫동안 앉 아 있었다. 언젠가는 또다시 마주하게 될 완성의 순간을 기 다린다. 아주 막연하기만 한 일이면서 그렇게 막연하지도 않 다. 참 이상한 생활인 것 같다는 생각이 든다.

티타임이 필요하다

EIDF에서 대상을 받은 〈티타임〉이라는 다큐멘터리를 보았다. 칠레의 고교 동창인 여자 친구들이 60년 넘게 매달 정기적으로 모여 티타임을 갖는 모습을 담아낸 이야기이다. 이 다큐멘터리는 그 티타임 모임의 60주년부터 64주년까지의 기록인데, 처음부터 끝까지 카메라는 할머니들의 얼굴을 아주 가깝게 꽉 채워 잡는다. 중간중간 나오는 (엄청나게) 달고 맛있어 보이는 디저트들을 구경하는 한편 맥락 없이 빠르게 이어지는 할머니들의 수다를 들으며 정신없음과 지루함을 동시에 느꼈다. 초반 내레이션으로 이 티타임에 대해 설명해주는 마리아 테레사 할머니의 목소리를 따라 처음엔 열한 명이었던 티타임 멤버가 현재 여덟 명으로 줄어 있다는 것을 알게 되었다. 티타임을 시작할 땐 먼저 소리 내어 기도를 했고, 먼저 세상을 떠난 친구와 몸이 아파서 참석하지 못한 친구들의 이름에 축복을 보내는 것을 잊지 않았다.

포크와 접시를 달칵거리며 케이크와 차를 먹고 마시는 할머니들의 모습과 이야기들 가운데, 내내 신경이 쓰였던 건 매해 티타임을 기념하며 사진을 찍을 때마다 멤버 수가 줄어드는 것이었다. 그만큼 이들의 기도 속에 안식을 기원하는 이름의 수는 늘어났다. 티타임 60주년 사진 속의 여덟 명은 61주년 사진 속에선 다섯 명으로 줄었고, 62주년엔 네 명으로 줄어 있었다. 점점 조용해지는 모임의 분위기를 좀더 활기차게 바꿔보고자, 새로운 멤버를 영입하자는 이야기가 나왔지만 몇몇은 60년 이상 지속된 모임의 분위기를 망칠까 걱정하는 모습이었다. 하지만 63주년 기념사진엔 새로운 멤버가 더해져 다섯이 찍혀 있었다.

티타임 중간중간 화장을 고치는 모습이 나왔는데, 파우더를 덧바르고 지워진 립스틱을 새로 바르며 서로 그 색깔을 칭찬하고 더불어 입고 온 옷이나 액세서리의 적절한 우아함도 칭찬하길 잊지 않는 모습이었다. 거울을 들여다보며 자신의 늙음을 한탄하는 모습도 보였다. 모두 동갑내기일 텐데도 누구는 좀더 고운 주름이, 누구는 좀더 폭삭 늙어 보이는 주름이 확연히 다르기는 했다. 한 명의 새로운 멤버를 영입했지만 64주년 기념사진에서는 또 한 명의 모습이 보이지 않았다.

내게는 대학을 졸업하고도 연락을 주고받는 멤버가 딱 네 명

있다. 하지만 나까지 다섯이 모두 모인 적은 한 번도 없는 것 같다. 우리도 티타임을 가지면 좋을 텐데. 지금부터 한 명씩 사진 속에서 사라질 때까지 말이다. 서로 축복해주면서.

하지만 〈티타임〉의 할머니들은 돌아가면서 서로의 집에 초대하던데, 우리는 어디서 모여야 할까 하는 생각이 들었다. 전엔 학교 기숙사에 살거나 학교 근처의 반지하나 옥탑을 하나씩 꿰차고 가깝게 살았었는데, 지금은 경기도의 부모님 댁에 돌아갔거나 서울 가장 끝자락에 아슬아슬하게 자취를 하고 있는 형편이다. (다행히 반지하나 옥탑은 모두 벗어났다.) 일단 되는대로 각자의 원룸 자취방에 모여 티타임을 가지면 어떨까?

독서 타임이 필요하다

망원동에는 '만일'이라는 이름의 작은 책방이 있다. 작업실과도 가깝고 자주 가는 카페와도 가까워서 종종 들르는 편이다. 책방 만일에 자주 들르는 이유는 그곳에 책이 분류되어 있는 방식이 너무 마음에 들어서이다. 이걸 어떻게 설명을 해야 그 느낌을 제대로 전달할 수 있을까 싶은데, 마치 책들이 '말을 걸듯이' 서가에 꽂혀 있다.

"요즘 이게 이슈인데, 어때. 관심 있어?"

"그래? 그렇다면 이건 어때? 끌리지?"

"내 옆도 꽤 괜찮은 책인데, 한번 펼쳐봐."

이 분류법은 책방 만일 사장님의 탁월한 안목이라고밖에 설명할 수 없는 방식인데, 책방에 갈 때마다 거기에 홀려 책을 꼭 한두 권은 사게 된다.

이렇게 책을 즐겁게 구매할 수밖에 없는 책방이 생긴 것은 참 좋은데, 문제는 책을 사 와서 읽지를 않는다는 것이다. 책방 만일에서 사온 책들이 책꽂이에 하나둘 꽂혀는 가는데,

도대체 이 책들을 언제 읽어야 할지를 모르겠다. 그래서 한 번은 나의 일과를 곰곰이 들여다보며 언제 책을 읽을 수 있는지 고민해보았다.

일단 나는 가까운 거리를 자전거로 이동하기 때문에 이동 시간에는 책을 읽을 수가 없다. 자전거를 타고 작업실에 도착해서 제일 먼저 하는 일은 컴퓨터를 켜고 메일을 확인하고 트위터를 들여다보는 것이다. 그뒤엔 새로 나온 아이돌의 뮤직비디오를 보고, 매주 보는 서바이벌 프로그램에서 누가 붙고 누가 떨어졌는지 확인한다. 그리고 쓰고 있는 시나리오의 레퍼런스가 되는 미국 드라마를 틀어놓고 보다가 지루해지면 핸드폰으로 친구와 시답잖은 문자를 주고받고, 인스타그램으로 남들이 뭘 먹고 뭘 하며 노는지 구경한다. 그러다 배가 고파지면 배달 음식을 시켜 먹고, 저녁이 되어 작업실에 사람들이 하나둘 모여들면 함께 카드게임이나 보드게임을 몇 판 한다. 늦은 새벽이 되어서야 글을 조금 쓰기 시작하고, 새벽 세시가 되면 자전거를 타고 집에 돌아간다. 집에 돌아가면 씻고, 불 꺼진 방에서 트위터를 들여다보다 잠이 든다.

아무리 들여다봐도 책을 읽을 시간을 어디에 배치해야 할지 모르겠다. 조언을 얻고자 주변 친구들에게 '언제 어디서 책을 읽냐'고 물어봤다. 회사에 다니는 친구는 쉬는 날 카페에서 읽는다고 했다. 우아, 카페에 혼자 가서 읽는다니 신기하다. 다른 친구는 집에서 읽거나 도서관에서 읽는다고 했다. 도서관! 도서관에 대체 언제 가봤던가. 대학 졸업 후 가본 일이 없는 것 같다. 하지만 이 친구는 서평을 쓰는 직업 때문에 책을 읽는 것이지 순수 호기심으로 읽는 책은 1년에 몇 권 안 되는 것 같다고 했다. 그렇다면, 도처 어딘가에 있을 순수 독자들은 언제, 어디서, 어떻게 책을 읽고 있는 것일까?
나에게도 읽을 방법이 필요하다.

직업으로 고단하다

나의 직업 때문에 주변 사람들에게 자주 듣게 되는 말이 있다. '넌 니가 하고 싶은 걸 해서 좋겠다'. '나도 여유만 있으면 너처럼 살고 싶다'. 내가 일 때문에 괴롭고 힘들다고 하면 '배부른 소리'라고들 말한다.

스스로 예술가라 칭하는 것도 어색하긴 하지만 내 직업은 예술가이다. 사람들은 대체 예술을 뭐라고 생각할까? 세상에 있어도 되고 없어도 되는 것이라고 생각할까?

살면 살수록 '예술'이라는 단어가 나에게도 모두에게도 점점 긍정적인 느낌에서 멀어지고 있는 것 같다.

나는 왜 이 일을 직업으로 삼고 있는 걸까?

"왜는 무슨, 그냥 하다보니까 하게 된 거지"라는 나이브한 대답 말고. 진지하게 한번 깊이 생각해봤다.

내가 생각하는 예술의 목적은 '위로'다. 더 자세히 말하면 '체험에 의한 위로'다. 그 위로는 지금 이 순간에도 사람들의 선택에 의해 그들 가까이에 존재하고 있을 것이다. 대중교통을 이용하는 수많은 사람들 귀에 걸려 흘러나오고 있을 음악들. 피로한 고개를 숙이고 들여다보는, 크고 작은 스마트폰에서 재생되는 짧고 긴 영상들. 잠을 줄여서 조조 혹은 심야로 찾아가 보는 영화들. 그리고 눈과 손을 바쁘게 만드는 (나는 예술임이 분명하다고 생각하는) 게임들.

사람들은 일을 하면서 고단해진다. 그 일이 무엇이든 일의 본질이 고단함을 전제로 하고 있기 때문이다. 예술가는 이 고단한 사람들의 하루를 채워줄 짧은 위로를 만드는 사람이고, 바로 내가 그걸 직업으로 하는 사람이다. 그 위로를 만드는 일을 하는 예술가도 결국 고단해질 것이다.

그래도 나는 만들고 싶다.
사람들이 어떤 위로를 받고 싶은지도 알고 싶다.
그러려면 먼저 내가 어떤 위로를 받고 싶은지 알아야 하고,
그러려면 나의 어둡고 슬퍼하는 마음을 들여다보아야 한다.
그 일은 정말이지 아주 고단하다.

그래도 나는.

눈 덮인 산과 롤케이크

눈으로 뒤덮인 아이슬란드의 산과 들판을 그리는 화가 친구의 작업실에 놀러갔다. 내 작업실에서 도보로 5분 걸리는 가까운 곳이었는데 그동안 간다 간다 하고 한 번도 못 가보다가, 내일모레 작업실을 뺀다고 하기에 급히 달려갔다. 예상했던 대로 커다랗고 선명한 원화를 눈으로 직접 보는 일은 정말 즐거웠다. 내 작업실엔 글쟁이들만 잔뜩 있어, 타자 치는 소리와 담배 냄새뿐이 나지 않는데, 그림쟁이들이 모여 쓰는 작업실엔 기름 냄새와 물감 냄새 범벅이어서 그것 또한 새로웠다. 내 작업실은 가림막이 없고 서로의 커다란 모니터가 얼굴을 반쯤 가리고 있어 미묘하게 프라이버시가 지켜지고 있는데, 이곳은 커튼과 가림막으로 공간이 나뉘어 있어 서로의 말소리는 들리지만 서로가 그리는 그림은 잘 보이지 않는 것도 재미있었다.

아이슬란드에 머물며 그려온 작품들로 책도 내고 전시도 했던 이 친구의 책상에는 최근에 그린 그림들이 늘어서 있었는데, 특이하게도 롤케이크와 밤빵, 아보카도를 그린 것이었다. 전에 그렸던 그림의 대부분이 희고 파란색으로 가득 채워져 있던 것에 비해 굉장히 낯선 선택이어서 왜인지를 물어볼 수밖에 없었다. 친구는 '그리고 싶은 것이 없다'는 이야기를 했다. 집에서 나와 모텔과 번쩍이는 간판들, 시끄러운 도로를 지나 작업실에 도착하고 나면 그리고 싶은 것이 생각나지 않는다고 했다. 같은 동네에서 작업실을 쓰는 우리가 보는 주변의 풍경은 아마 비슷할 것이고, 그래서 나도 그 친구와 같은 생각을 한 적이 많다. 지하철을 타고 역에서 빠져나와 작업실까지 10분, 15분 정도를 걸으며 다양한 소음과 번잡한 풍경을 실컷 보고 하루를 시작한다. 작업실에 들어와서도 하루종일 지나가는 차소리와 버스 소리, 가끔 싸우는 소리도 아주 잘 들리고 지하 연습실에서 올라오는 베이스기타의 묵직한 소리가 하루종일 들리는 날도 있다. 하루 중 가장 예쁘고 좋은 걸 본 기억이라곤 책상에 올려져 있는 작은 양털 인형. 그런 날이 대부분이다.

우리는 서울에 산다. 아직까지는 서울에 살아야겠다고 생각하고 있다. 하지만 예쁘고 좋은 것들을 많이 보고 싶고, 커다란 잎을 가진 키가 큰 나무와 발자국이 찍히지 않은 눈 덮인 들판을 보고 싶기도 하다. 그런 생각을 하며 화가는 오늘 자기가 본 것 중에 가장 인상적이었던 풍경으로, 방금 먹은 롤케이크를 그린다. 나는 그 롤케이크 그림을 보고 온 일로 글을 쓰고 있다. 왠지 슬픈 기분이 되었다.

오늘 나는

잠에서 깬다. 핸드폰을 본다. 잘 안 보인다. 한쪽 눈으로만 본다. 그나마 보인다. 핸드폰을 보면서, 자면서 한 생각들을 잊어버린다. 몸을 반쯤 일으킨다. 물을 마신다. 준이치에게 밥을 준다. 진짜로 일어난다. 사탕을 먹는다. 거실에 나가서 사탕을 먹으면서 담배를 피운다. 핸드폰에 저장되어 있는 스탠드업 코미디 녹음 파일을 듣는다. 들으면서 화장실에 간다. 오줌을 누고 이를 닦는다. 입을 헹구면서 동시에 물로 세수를 한다. 걸린 수건이 있으면 닦고 없으면 얼굴을 닦지 않고 물이 묻은 채로 다시 방으로 간다. 물이 묻은 채로 얼굴에 스킨을 뿌린다. 귀찮으면 크림을 바르고 조금 덜 귀찮으면 에센스를 바른다. 에센스를 바르고 크림까지 바르는 일은 거의 없다. 덜 귀찮으면 에센스, 더 귀찮으면 크림이다. 에센스는 피부에 도움이 되고, 크림은 피부에 별 도움이 되지 않는다고 생각하기 때문이다.

아랫도리를 먼저 입고 윗도리를 찾아 입는다. 모자를 쓰고,

가방을 챙긴다. 나서기 전에 시계를 찬다. 열쇠는 가끔 빼놓고 나간다. 버스 카드가 든 지갑은 코트 주머니에, 현금이 든 지갑은 가방 앞주머니에 넣는다. 집에서 완전히 나서기 전에 거실에서 담배를 하나 더 피운다.

버스를 탄다. 버스를 타고 내린다. 버스를 갈아탄다. 다시 내린다. 정거장에서 걸어서 1분이면 작업실에 도착한다. 냉장고에서 미리 사둔 더치커피와 우유를 섞어 더치라테를 만든다. 좋아하는 컵에다 담아 와서 책상 앞에 앉는다. 담배를 피운다. 노트북을 켠다. 노트북과 모니터를 연결해놓고 담배를 하나 더 피운다. 책상을 휴지로 대충 닦는다. 신발을 벗고 슬리퍼로 갈아 신을 때도 있지만 종종 그냥 신고 온 신발을 내내 신고 있다. 메일을 확인한다. 다이어리를 확인한다. 다이어리에 빠진 약속들을 적어놓는다. 책상을 정리한다.

작업실에 누군가 있으면 (대부분 한 명에서 두 명은 있다) 같이 밥을 먹자고 해서 도시락을 배달시킨다. 도시락을 기다리면서 인터넷으로 이것저것 보다가 도시락이 오면 일어나서 작업실 가운데 있는 공용테이블에서 모여 앉아 밥을 먹는다. 밥을 다 먹으면 그 자리에서 담배를 하나 피우거나 자리로 돌아가 담배를 피운다. 누구는 이를 닦고 나는 닦지 않는다.

나는 하루에 이를 두 번만 닦는다. 오늘은 칫솔을 가지고 왔다. 작업실 사람들이 대부분 저녁을 먹고 이를 닦기에 나도 괜히 가져와봤다. 아직까지 가방에서 꺼내놓지는 않았다. 집에 돌아가기 전에는 꺼내놓을 것이다. 나도 저녁을 먹고 이를 닦는 사람이 돼야겠다. 어떤 사람에게서 하루종일 공격적인 문자가 왔다. 너무 슬퍼져서 눈물이 났다. 작업실에 사람들이 있어서 많이 울 수가 없었다. 휴지로 눈을 비비는 척했다. 눈을 비비는 척하면서 조금 울었다. 실은 많이 울고 싶었다.

조금 더 연기해야겠다

음악을 아주아주 무겁고 크게 트는 도쿄의 클럽 구석에 앉아서 아주아주 큰 소리로 혼잣말을 했다. 한 30분 동안 그러고 있었던 것 같다. 혼잣말의 시작은 항상 그렇듯이 '죽고 싶다'는 말이었다.

"죽고 싶다. 죽을까? 어떻게? 약을 먹을까? 약을 얼마나 먹어야 할까? 지난번처럼 애매하게 먹고 중간에 깨어나면 너무너무 무서운데. 그걸 또 겪고 싶지는 않은데. 약을 얼마나 모아야 할까? 확실하게 죽을 수 있을 만큼 수면제를 모으려면 얼마나 걸릴까? 지금 수면제를 처방받는 병원의 의사는 내가 아주 가끔만 수면제를 먹는 줄 아는데, 내가 갑자기 수면제를 자주 처방받는 것 같으면 의심을 하려나? 복잡하다. 스위스에서인가는 안락사가 합법이라던데, 안전하고 정확하게 그 방법을 알아볼까? 꽤 비싸겠지 아마? 그 돈을 모을 때까지 일을 얼마나 해야 할까? 준이치, 준이치는 어떡하지. 준이치는 어쨌든 내 고양이니까, 내가 걔보다 먼저 죽을 수는 없

263

어. 그런 식으로 준이치에게 상처를 주고 싶지는 않아. 그러니까 아, 안 되겠다. 연기하자. 조금 더 연기해야겠다. 연기하는 동안 할 수 있는 게 뭐가 있을까? 앨범을 내는 것. 공연을 하는 것. 영화를 만드는 것. 그림을, 만화를 그리고 책을 쓰고 만드는 것. 새로운 친구를 사귀는 것. 새로운 사람을 만나는 것. 맛있는 것을 먹고 좋아 보이는 것들을 사서 입고 쓰고 모으는 것. 예쁜 집을 찾는 것. 좋은 룸메이트를 만나는 것. 준이치와 함께 조금 더 많이 시간을 보내는 것. 엄마와 아빠와 조금 더 친해지는 것. 소원해진 관계들을 정리 혹은 좀더 열심히 다시 가까워지도록 노력하는 것. 일단 내일의 할 일. 내일은 해미가 가고 싶어하는 가게 몇 군데를 돌아다니고 맛있는 저녁을 먹고, 아침에, 아 지금 클럽이니까 아침에 돌아가겠구나. 아침은 먹지 못하겠다. 그럼 점심을 먹고, 맛있는 걸로. 그리고 맛있는 저녁을 먹는 것. 너무 피곤하지 않게 집으로 돌아가 목욕을 하는 것. 그것일까나. 오래 입을 만한 멋지고 예쁜 옷을 찾는 것. 그것도 좋겠다. 하고 싶은 머리 스타일을 해보는 것도 좋겠고. 아, 편의점 푸딩. 아이스크림을 먹는 것도 정말 좋지. 그리고 나와 나리타가 좋아하는 요거트를 사서 돌아가자. 그래 조금만 더 연기하자. 준이치가 먼저 죽을 때까지. 일단 맛있는 것을 먹고. 다시 생각하자."

내가 이렇게 큰 소리로 혼잣말을 하고 있는데 아무도 그걸 눈치채지 못했다. 어릴 때는 이러고 있으면 엄마나 선생님, 어른들이 와서 이런저런 질문을 했던 것 같다.

'지금 왜 그러고 있니?' '뭐가 하고 싶니?'

누군가 물어봐주던 때가 그립다. 내가 지금 왜 이러고 있는지, 오늘은 뭘 했는지, 어떤 기분인지, 내일 하고 싶은 건 뭔지 진짜 알려주고 싶은데 말이다. 소매를 걷고 팔에다가 펜으로 적었다. '랑아, 뭘 하고 싶어?'

모두들 자신을 어떻게 돌보며 살아가고 있는 걸까.

어떻게 이런 생물이
존재하는 것이지?
너무 예쁘고, 귀엽고, 신기하고,
재밌고, 짜증나고, 시끄럽고,
자기 멋대로고, 사랑스럽고, 뚱뚱하고
그래서 좋고   그래서 걱정되고…
웃음…   …사랑해…
…   너무 사랑해
죽지 마…
죽지 마, 제발.

사라지기도 힘들다

죽으면 어디에서 어떻게 죽을까. 지금 짐을 맡겨놓은 할머니 집에서 죽으면 보나마나 외숙모나 사촌동생들이 발견할 테고, 그애들에게 큰 트라우마가 되겠지. 나처럼 갑자기 10년 만에 나타난 사촌언니(누나)가 자기들 윗집에서 죽어버렸으니 말이야. 그건 좀 미안하다. 그럼…… 어딘가의 호텔이나 모텔에서? 분명 청소부가 발견하겠지. 그 사람은 얼마나 기분이 나쁠까.

아주 멀리멀리 가버릴까. 어딘가의 산속이라든지. 텐트 같은 걸 챙겨서. 나는 차도 없고 면허도 없는데 그런 데를 어떻게 가지? 텐트 같은 거 그런 건 또 들고 다니기도 굉장히 무거운데. 만약에 수면제를 많이많이 먹으려면 누워서 어딘가에서 자야 하는데, 날씨도 너무 추우면 안 될 것 같고. 날씨도 적절해야 하고, 텐트도 너무 무겁지 않아야 하고, 어딘가부터 걸어서 갈 수 있어야 하는 곳이어야 할 텐데. 어쨌든, 내가 죽으면 누군가는 발견하게 될 텐데. 그 사람에게 너무 미안하다. 원치 않는 불쾌함을 안겨줘야 하니까. 내 한 몸뚱이를 사라지게 하는 일이 왜 이렇게 복잡하고 어려울까. 그렇다고 강에 뛰어들거나 하는 건 너무너무 무섭고. 난 고소공포증이 있으니까. 당연히 빌딩도 노.

욕조에 물을 받고 손목을 긋는 것이나, 가스를 틀고 잠드는 것이나 어쨌든 누군가가 발견하게 될 일인데. 그것참 너무 미안해서 어떡하지. 아무도 발견하지 못하고, 사라지는 방법은 없는 걸까? 비행기가 공중에서 폭발한다든지, 그러면 좋을 텐데. 비행기를 타고 가는데 기체가 심하게 흔들리면 조금의 기대감이 생긴다. 손에 땀이 마구 나면서도 혹시, 추락하나 보다 진짜 추락할지도 몰라. 나는 사라지는 거야, 드디어. 될 수도 있겠다. 그런 기대감. 하지만 비행기는 언제나 무사히 도착. 아, 이번에도 살았다······.

정말 사라지고 싶다. 매일매일이 너무 힘들다. 너무 힘들지만 사라지는 일도 힘들어서 오늘도 대신 할 일을 찾아서 살아 있기로 한다. 뭘 하면 좋을까. 뭘 해야 조금이라도 기분이 나아질까.

"랑아! 내일은 뭘 할까! 내일은 뭘 하고 싶니!!"

혼잣말 훈련

오늘도 혼잣말을 한다. 누워서 이래저래 혼잣말을 해본다.
주로 누가 나에게 물어봐주지 않는 것들을 스스로에게 물어
보곤 한다.

대화라는 것은 정말 어렵다. 가족과의 대화도, 아주 친한 친
구나 연인과의 대화에서도 해석되지 않는 레이어가 너무나
도 많다. 그래서 대화라는 것이 애초에 왜 존재하는지, 그것
자체에 대한 의문이 생길 때가 많다. 이렇게 아무랑도 말이
통하지 않는데 언어라는 것은 왜 있는 걸까? 아무리 귀를 기
울여봐도, 표정을 들여다봐도, 눈을 들여다봐도, 이런저런
질문을 던져봐도 서로가 하는 말을 정확히 알아듣지 못하면
서 말이다. 그런데 신기하게도 오늘도 역시 누군가와 이런저
런 말을 지껄였다. 심지어 외국어로도 이래저래 지껄였다. 모
국어보다 훨씬, 서툴고 전부의 의미를 알지 못하면서도 계속
떠들었다. 특히 지금처럼 자주 가게 되는 일본에서는 자다가
잠꼬대까지 일본어로 하곤 했다. 무의식중에도 외국어로 떠

든다는 것이 아주 신기하면서도 이상하다. 나는 잘 말하고 있는 것일까? 나는 지금 무슨 말을 하고 있는 건가?

말에 의심을 하고, 지쳐 있으면서도 여전히 또 혼잣말을 한다. 혼자 질문하고 혼자 대답하고 몇십 분, 몇 시간을 그러고 있을 때도 있다. 누가 보면 아주 우습겠지만 이게 내가 나를 조금이라도 이해해보려는 고된 훈련이다.

코트가 멋있다는 말을 듣고 싶다

어디인지 알려주고 싶지 않은 이곳에 온 지도 3주쯤은 된 것 같다. 2015년엔 남의 집을 많이 떠돌아다녔다. 트렁크를 두 개 들고 떠돌아다녔다. 신발 하나와 트렁크 두 개로 사람이 살 수 있다는 것이 신기했다. 그런데도 왜 나는 그토록 많은 짐을 가지고 있었던 걸까 생각하면서 얼마 전에 코트를 샀다. 이상하게도 코트를 사는 것만은 영원히 멈출 수 없을 것 같다. 코트는 참 아름다운 물건이다. 솔직히 안에는 뭘 입어도 크게 상관이 없는 것 같다.

코트만은, 코트만은 좋고 멋지고 아름다운 것을 입고 싶다. 너무 멋진 코트를 입고 나온 날은 그 멋짐이 조금 창피해서 일부러 유아적인 배낭을 메고 나온다. 쿠키몬스터 인형도 달려 있고 시끄럽게 절그럭거리는 스푼이 여러 개 달린 빨간 배낭이다. 너무 멋져서 들뜨지 않게 배낭으로 한 단계 눌러주는 것이다. 그렇게 하면 내가 아주 자연스럽게 멋진 사람이 된 것 같은 기분이 들기도 한다.

코트가 멋있다는 칭찬을 받고 싶다.

별로 그런 말은 많이 듣질 못했던 것 같다. 오히려 내가 먼저 자랑하곤 했다. 사귀는 사람에게 코트를 선물하기도 했다. 친구에게도 코트를 선물했다. 코트. 코트. 입으로 발음해보아도 멋지고, 실제로도 멋진 것. 남이 입어도 멋지고 내가 입어도 멋진 것.

나중에 어딘가로 유배를 가게 되거나 급히 추방을 당하게 된다면 코트를 꼭 가져갈 것이다. 가지고 있는 멋진 코트들 중에 무엇을 가져갈지는 지금부터 고민을 해야 할 것이다.

최근에 산 검은색 캐시미어가 좋을 것 같다.
추방은 되도록 쌀쌀한 날이었으면 좋겠다.

세상의 중심

다음 앨범을 준비하면서 가사와 함께 써둔 글 몇 개를 사장님에게 보여줬더니 '너 얘기가 너무 많다, 세상의 중심은 너냐?'고 물어왔다. 전에 한 번 같은 내용을 썼던 것 같기도 하다. 하도 내 얘기만 해대서 나도 내 얘기를 하는 데 질린다. 그래서 오늘은 다른 얘기를 해볼까 하고 컴퓨터를 켰는데 도무지 내 얘기 말고는 생각나는 게 없다. 자, 그럼 다른 사람 얘기를 한번 해볼까.

일단 맥주를 가져오자.

여기는 유주 언니 집이다. 유주 언니는 유명한 소설가인 것 같다. 언니는 로마에 가 있다. 로마에 가 있는 동안 집이 없는 내게 자기집을 빌려주어서 내가 여기에 와 있다. 유주 언니의 소설은 읽어본 적이 아직까지 없다. 유주 언니와는 작업실 메이트로서 처음 만나게 된 것이었다. 작업실에서 우리는 같이 카드게임이나 보드게임을 했다. 그래서 나는 유주 언니가 유명한 소설가인 줄도 몰랐다. 그냥 키가 크고 예쁘고 게임을 잘하는 언니라고 생각했다.

유주 언니의 집은 참 편하다. 짐이 아주 많은데 나는 왠지 짐이 아주 많은 집에 오면 편안함을 느끼게 되는 것 같다. 전에 역시 집이 없어서 머물렀던 친구 해미의 집도 그랬다. 해미의 집에 처음 갔을 때는 아주 깜짝 놀랐었다. 지금까지 살면서 본 집 중에 짐이 제일 많았고 제일 정리가 안 된 집이었다. 그냥 정리가 안 된 집과 짐이 엄청 많은데 정리가 안 된 집과는 느낌이 다르다. 해미 집에 머물면서 나는 정리를 하고 싶은 욕구가 있었는데, 하도 뭐가 많아서 어디서부터 시작해야 할지 생각조차 할 수가 없었다. 그랬더니 오히려 정리욕이 사라지고 아주 마음이 편안해졌다. 지금도 해미 집에 가면 마음이 편안하다.

유주 언니의 집은 정리가 잘 되어 있고 짐이 아주 많은 집이다. 정리가 잘 되어 있어서 수많은 것들이 여기저기에 잘 놓여 있다. 유주 언니에게는 딱히 뭐 하나 치우쳐지지 않게 모든 것들이 아주 많다. 책도 아주 많고, 시디도 많고, 옷도 많고, 구두도 많고, 심지어 접시도 아주 많다. 인형도 아주 많고 화장품과 향수도 많다.

이 집에 머물게 된 이후, 잠이 오지 않는 밤이면 나는 유주 언니 물건을 구경한다. 어떤 날은 향수를 구경하고 어떤 날은 화장품을 정리하고, 어떤 날은 만화책을 구경하다가 밤새도록 읽는다. 그렇게 유주 언니가 없는 집에서 유주 언니의 짐들과 함께 생활하면서 그에 대해 많은 것들을 알게 되는 기분이 된다. 유주 언니는 하늘색과 보라색을 좋아하는구나, 만화 취향은 나와 비슷하구나, 음악은 내가 전혀 모르는 것들을 좋아하는구나. 빨래 건조대는 희한하게 오래되고 무거운 철제로 된 것을 쓰는구나. 그리고 다람쥐를 참 좋아하는구나.

주인이 없는 집에서 주인의 짐들과 함께 생활해보니 재미가 있다. 그리고 여기엔 트렁크 두 개분의 내 짐도 섞여 있다. 심지어 내 고양이도 이 집에 함께 들어와 생활하고 있다. 나는 참 대단하구나, 집도 없으면서 꽤 오랫동안 나와 고양이를 떠돌게 하며 이렇게 살아가고 있다니.

앗, 또 내 얘기로 돌아와버렸다.
안 되겠다. 나에 대해 얘기하는 걸 멈출 수가 없다.

먹고 내보내는 삶

일본의 작가 마사오카 시키는 병에 걸려 병상에 누워 움직이지 못하게 된 이후, 죽게 될 때까지 몇 년 동안 자기가 먹은 것들에 대해서 계속 써서 그걸로 책을 냈다고 한다. 아침엔 무엇을 먹었고, 점심엔 그리고 저녁엔, 그리고 간식으로는 무엇을 먹었는지 아주 상세하게 썼다고 한다. 그 책은 그가 무엇을 먹었는가에 대한 내용과 변은 어떻게 보았는가에 대한 내용으로 가득 채워져 있다고 한다. 무엇을 먹었는가와 어떻게 내보냈는가에 대한 기록집인 것이다.

무엇을 먹었는가와 어떻게 내보냈나.
그것이 사실 전부인 것 같기도 하다.

휴양지에서의 기억이 떠오른다. 휴양지에서 나와 친구들은 참 바보 같았는데, 어느 날은 우리가 몇 가지의 같은 말을 계속해서 반복하고 있다는 것을 깨달았다. 그건 '배고파죽겠다' '배불러죽겠다' 그리고 '똥 싸야 되는데' 이 세 가지 말이었다. 세 명이 하루종일 돌아가면서 그 말을 하는데, 그게 어찌나 바보 같은지 깔깔 웃고 서로를 놀렸지만 결국 누군가가 또 그 말을 하게 되는 거였다. 그런데 정말 그 말밖에 할말이 딱히 없었다. 마감도 미팅도 아무런 약속도 없는 그 느긋함 속에서 자연스럽게 먹고 싸는 것, 그것에만 온전히 집중하게 되었다.

휴양지에서 2주간 함께 지낸 우리 셋은, 서로의 얼굴을 보며 배가 고픈지, 배가 얼마나 부른지, 그리고 똥은 잘 쌌는지를 계속 확인했다. 그 시간들이 얼마나 기분좋은 나날들이었는지 모른다.

나는 건강했고 여유만만인 나날 속에서 먹고 싸는 일에 집중했지만, 일본의 작가 마사오카 시키는 아주 병약했고 죽음에 쫓기는 와중에 먹고 싸는 데 굉장히 집중했던 것 같다. 그 끈기와 무게감을 속으로 생각해보는데, 말로 설명하기는 어렵지만 뭔가 끈적끈적한 풀이 온몸에 붙어 있는 기분이 되었다. 나는 죽음에 대한 공포가 굉장히 강하고, 신체가 손상되거나 병에 걸리는 상상을 하며 스스로를 겁에 질리게 만드는 습관이 있는데 오늘은 시키의 말년에 나를 대입해보며 그런 기분이 된 것 같다. '육 척 병상'에 누워 힘들게 뭔가를 먹고, 힘들게 싸게 된 상황에서 나는 그것을 기록할 수 있을까?
매일 그것을 꼼꼼히 기록하는 것은 어떤 기분일까. 그것은
생의 기록일까, 죽음의 기록일까.

우울증을 치료하는 방법 중에도 식습관을 기록하게 하는 것
이 있다. 오늘을 어떻게 살아냈는지, 기록을 통해 확인해가
며 앞으로 더욱 살아나갈 힘을 갖게 하려는 목적인 것 같다.
물론 식습관을 기록함으로 자신을 '잘 먹이는' 효과도 있고
말이다. 결국 삶은 자신을 잘 먹이는 일인 것일까?

나는 오늘 한끼를 먹었다.
피자를 먹었고, 콜라와 맥주를 마셨다.
약간의 변비 기운이 있어 조금 힘들게 두 번 똥을 누었다.

비밀스러운 습관

 — 저는 집에서 나오면 떨려요.

저는 스자파게티를 끓여 그릇에 담고 —
그 사이 10초 정도에 냄비 설거지를 해요.

— 저는 매일 우편물이 왔는지 확인을 하고,
우편물을 집에 안 가지고 들어가요.

저는 지폐를 금액 크기 순서대로 —
숫자가 앞면에 오게 맞춰서 지갑에 넣어요.

— 저는 만족스러운 똥을 누면
물을 내리기 싫어요.

저는 뒤에서 누가 뛰어오면 —
곧 지릴 것 같아요.

모두 유명한 사람이
되었으면 좋겠다

잠이 오지 않을 때 내가 종종 하는 것은 포털 사이트에 이런저런 이름을 검색해보는 것이다. 물론 나의 이름도 검색해보지만, 내 것은 항상 같은 결과가 나오기 때문에 별로 재미가 없다. 포털 사이트의 검색 결과라는 것은 정말 이상하고 재미가 있고, 참 쓸데가 없다. 그런데도 자꾸 이걸 하게 되는 건 왜일까.

오늘은 아침 다섯시가 넘을 때까지 잠이 오지 않길래 전에 사귀었던 남자애들의 이름을 하나씩 검색해보았다. 어떤 사람은 2005년의 뉴스 이후로 아무런 것도 나오지 않았고, 아예 아무것도 나오지 않는 사람이 몇 있는가 하면 몇 년 전에 바보 같은 방송에 나왔던 사람도 있고, 지금은 외국으로 살러 가서 재외동포 시국선언 성명서에 이름이 올라 있는 사람도 있었다.

문득, 다음에 누구를 만나게 되면 나보다 훨씬 훨씬 유명한 사람을 만나보고 싶다는 생각이 들었다. 정말 뜬금없고 이유 없는 생각이었는데, 그냥 그랬다.

친구들의 이름도 하나씩 넣어보았다. 사진이 나오고, 활동 경력이 나오고, 트위터 계정까지 검색이 되는 친구들. 트위터의 알계정처럼 이름과 학적은 나오지만 사진은 나오지 않는 친구들. 언젠가부터 활동이 뜸해져 동명이인 중 지금 더 활동이 활발한 사람에게 순위가 밀린 친구들.

왜인지, 프로필 검색이 잘 되는 친구들 몇몇의 이름을 확인하는 게 안심이 되었다. 우리는 함께, 살아내고 있구나. 이렇게 포털 사이트에 검색도 되고 하면서. 이렇게라도 너희가 살아 있다는 걸 확인해서일까. 안심이 되었다.

연락도 되지 않고, 같은 도시, 같은 나라에도 살지 않는 헤어진 연인들과 달리 그래도 포털 사이트에 떠올라 지금 어디에 있는지 어렴풋이 알 수 있는 친구들. 잘 있구나. 잘은 모르겠지만, 어쨌든 살아 있구나. 다행이다. 다행이다.

나보다 훨―씬 유명한 사람을 만나겠다는 생각이 왜 들었는지 알겠다. 나는 나의 헤어진 연인들이 그리워서 자꾸 검색을 하고 있는 것이다. 검색이 되어 그들이 지금 어디에서 무엇을 하고 사는지, 어렴풋이라도 알고 싶은 것이다.

훨씬 훨씬 유명한 사람이어서, 아주 자세히 알 수 있다면 나는 매일매일 그를 검색해볼 것이다. 모두가 그립다.

잠이 온다. 슬슬.

내 별 같은 친구들.
어딘가에 있지만.
잘 보이지 않는.

세상에 필요한 사람이
되었으면 좋겠다

상담선생님이 적어준 소중한 쪽지가 보이지 않는다.
정말 소중한 쪽지인데 어딜 갔는지 보이질 않는다.
정말 울고 싶다.

너무나도 소중한 쪽지이다.
거기엔, 내가 왜 세상에 필요한 사람인지가 적혀 있다.
근데 그걸 보기 전까지는 생각이 나질 않을 것 같다. 이유가.
어렴풋이 생각은 나지만, 자세히 생각이 나질 않는다.
그 쪽지가 필요하다. 꼭 찾아야 한다.

세상에 필요한 사람이고 싶다.

대체 뭐하자는 인간이지 싶었다

1판 1쇄 발행 2016년 12월 23일
1판 7쇄 발행 2019년 11월 25일

글 · 그림 이랑

책임편집 박선주
편집 이희숙
모니터링 이희연
디자인 최정윤

마케팅 최향모 이지민
제작 강신은 김동욱 임현식
홍보 김희숙 김상만 오혜림 지문희 우상희
관리 윤영지

펴낸이 이병률
펴낸곳 달 출판사
출판등록 2009년 5월 26일 제406-2009-000034호
주소 10881 경기도 파주시 회동길 455-3

전자우편 dal@munhak.com
페이스북 /dalpublishers
트위터 @dalpublishers
인스타그램 dalpublishers

전화번호 031-8071-8683(편집) 031-8071-8670(마케팅)
팩스 031-8071-8672

ISBN 979-11-5816-052-4 03810

• 이 도서의 국립중앙도서관 출판예정도서목록(CIP)은 서지정보유통지원시스템
  홈페이지(http://seoji.nl.go.kr)와 국가자료공동목록시스템(http://www.nl.go.kr/kolisnet)
  에서 이용하실 수 있습니다. (CIP제어번호 : CIP2016029293)